五重塔

[日] 幸田露伴 著

文洁若 译

中国出版集团

现代出版社

本书插图皆选自《佛像新集》

（权田雷斧、大村西涯著，丙午出版社 1927 年出版）

目录

译者序

1868 年的日本明治维新，是一场自上而下的、不彻底的资产阶级革命。

年轻的明治政府要在短期内走完西方先进国家花了几百年才走过来的路，便采取了弱肉强食政策，靠侵略和掠夺邻国来完成自身的资本主义原始积累。早在 1892 年 3 月，日本浪漫主义诗人北村透谷（1868—1894）就在他主编的《和平》杂志创刊号发刊词里，提出了保卫和平、反对战争的口号。两年后，日本政府发动了中日甲午战争，军国主义思潮席卷全国，《和平》杂志被迫停刊。那时，不仅报纸上充斥着炫耀"战绩"的报道，连那些曾写过一些好作品的作家也出于狭隘的民族利己主义，挥笔歌颂那场不义之战，举国上下，一时闹得乌烟瘴气。

就在这个时候，有位日本作家放胆直言了。他在 1894 年 10 月 13 日的《国会新闻》上发表了《关于战争》一文，提出文学不应被战争牵着鼻子走，而应保持自己的独立性，并无限愤慨地写道："倘若有人强迫文学家或美术家去创作配合当前的战争等等的作品，那真是无知透顶，岂有此理！"①

这位作家就是日本现代著名小说家、戏剧家、随笔家、考证家幸田露伴（1867—1947）。

露伴原名成行，别号蜗牛庵，生在江户（今东京）旧幕府的一个武士家庭里。幼时体弱多病，异常聪颖。六岁入会田塾，受《孝经》的启蒙教育。八岁上小学，长于算术，课余喜读《三国志》和《水浒传》。十二岁进中学，但感到学校教育对自己是个束缚，次年即退学，成天到汤岛圣堂的东京图书馆去广泛涉猎经书、佛典乃至江户时代的杂书。十四岁入东京英和学校（即青山学院大学前身）习英文。后又辍学，每晚到汉学家菊池松轩开办的迎曦塾去攻读朱子学。十六岁，他奉父命入电信技术学校，次年毕业，在筑地的中央电信局工作了一段时间，接着就赴北海道后志国余市，担任技师，热诚地教当地人如何淘金、滤水和养蚕。在这穷乡僻壤，十九岁的露伴结识了一位僧侣，并把庙中所藏经卷读遍。他如饥似渴地读了刚从东京寄来的坪内逍遥（1859—1935）的《小说神髓》（1885）。

① 收入《露伴全集》时，此文改题《战时的诗人》，见第31卷，第50—54页，岩波书店，1956年版。

在这部理论著作中，坪内主张小说家应着重描绘人物的内心活动并尽量客观地去描写，不可夹入作者本人的看法，更不可直接教训读者什么是善，什么是恶。

后来，露伴曾这样回顾《小说神髓》给他的巨大启发："过去的小说家都是功利主义者，而且一味说教。从世人最敬重的马琴① 起，均以教训人为宗旨。近松② 以来就是如此。现在这一切都被推翻了。不论我还是我的友人，全受了很大震动。"③

露伴也接触到一些为日本近代文学开先河的作品。他发现自从他离开东京后，那里已涌现出一批接受西方教育洗礼的、跟他同一辈的青年作家，他们大胆地尝试着用新技巧进行创作。后来，露伴不辞而别，经过一个多月的长途跋涉，回到了东京。父亲责备他不该旷工，并命令他在自己经营的一爿纸店里打杂。这个时期，他开始热衷于研究江户时代作家井原西鹤（1642—1693）的《浮世草子》（社会小说）。西鹤晚年的作品（如《家计贵在经心》）触及商人社会的阶级性质，具有一定的社会意义。露伴在创作方法上，受西鹤的影响颇深。

---

① 即曲亭马琴（1767—1848），本姓泷泽。日本江户时代（1603—1867）小说家，主张文学要有劝善惩恶的效果。
② 即近松门左卫门（1653—1724），日本江户时代净瑠璃（以三弦琴伴奏的日本说唱曲艺）和歌舞伎剧作家。
③ 见柳田泉著《幸田露伴》，1942 年版。

露伴的同辈作家二叶亭四迷（1864—1909）是日本近代文学中现实主义方法的首创者。他于1886年发表文学评论《小说总论》，对日本文坛上风靡一时的娱乐文学和简单地模仿现实的创作方法表示异议，主张小说应该通过现象深入描写现实的本质。次年他的长篇小说《浮云》问世，集中反映了上述文艺观点。

露伴的短篇小说《风流佛》是在《浮云》出版两年之后问世的，可能受到二叶亭四迷的文艺思想的影响。在此作中，他也对明治社会的世态炎凉提出了批评。主人公珠运是个手艺高强的雕刻师，有一次他到奈良去瞻仰佛像，半路上，在木曾山的客栈中与孤苦伶仃的卖花姑娘阿辰邂逅，一见钟情，并把阿辰从困境中解救出来。阿辰的生父岩沼子爵原是个落魄的武士，因对推翻德川幕府有功，明治新政府成立后，平步青云。他派人来寻找阿辰的下落，那个人打听出阿辰即将和珠运结婚，便赶紧把阿辰送到东京，硬是拆散了这对鸳鸯。客栈老板劝珠运以她为原型，雕刻一尊佛像。珠运呕心沥血雕成的佛像，神情逼真，栩栩如生。一天，佛像被珠运坚贞不渝的爱情所动，忽然活了，用臂挽住珠运，二人双双腾云而去。

在那令人窒息的社会现实中，露伴只能给小说以这样一个浪漫主义的结尾。

露伴接着又写了短篇小说《锻刀记》①（1890），它与《风流佛》有异曲同工之妙。主人公刀匠正藏废寝忘餐，坚韧不拔，花三年工夫锻造出一把旷世宝刀。

　　1890 年，露伴迁居东京下谷区谷中天王寺町，以天王寺为背景写了《五重塔》，最初发表于《国会新闻》（1891 年 11 月至 1892 年 3 月）。这部中篇小说是露伴的代表作，它通过主人公木匠十兵卫筑塔的故事，歌颂了艺术强韧的生命力。关于暴风雨的那段描写，被公认为明治文学中的名文。

　　露伴用以上三篇小说来歌颂艺术家的顽强意志以及艺术的永恒不朽。珠运、正藏和十兵卫，对艺术都怀有无比坚强的信念，哪怕为之牺牲生命也在所不辞。从这些人物身上可以看到资本主义上升时期自强不息的进取精神。

　　值得注意的是，以上三个人物都是旧手艺人。有些日本文学史家认为，露伴没有去描写迷恋欧洲的近代日本人，"却从做了欧化的牺牲品的民众心中发现了蓬勃的热情和前进的意志，并把他们刻画成理想人物"②。这是露伴对时弊的一种反抗。但是由于他"未能走现实主义的路，通过与现实进行斗争来实现自己的理想……只不过赞美了艺术至上主义，构造了以佛教

---

① 原题作《一口剑》，中译本译为《锻刀记》，见《日本短篇小说选》，中国青年出版社，1983 年版。
② 见伊豆利彦等著《日本现代文学史》，第 50—51 页，三一书房，1954 年版。

思想为基础的神秘世界"①，因而未能继承二叶亭四迷所建立起来的近代现实主义文学传统。

进入19世纪90年代，幸田露伴和尾崎红叶、坪内逍遥、森鸥外等人在日本文坛上日渐活跃，故有"红露逍鸥"时代之称。这是露伴一生中创作欲最旺盛的时期:《露团团》《对骷髅》《奇男儿》《一刹那》《真美人》《街头净瑠璃》等短篇小说，以诗人与市侩之间的矛盾为题材的《有福诗人》，写主人公彦右卫门与恶浪和鲸鱼做搏斗的长篇小说《勇擒鲸鱼》，相继问世。

自1893年1月起，露伴的《风流微尘藏》在《国会新闻》上连载。这部长篇小说刻画了一百数十个人物，试图从多方面反映社会现实，可惜因日本发动中日甲午战争，终于未能写完。1903年，他又开始写一部长篇小说《滔天浪》。作者原来打算让主人公逃到孤岛上去过鲁滨孙式的生活，借以对单纯模仿西方的所谓"文明开化"进行批判，又因日俄战争爆发，沉闷的政治气氛迫使他中途搁笔。

从此，露伴致力于写历史小说，其中最著名的是取材于中国明朝建文帝事迹的《命运》(1919)。以中国为题材的还有《史记的作者》《汉书的作者》(均1894)、《元代杂剧》(1895)、《司马温公》(1896)、《读史后语》(1898)等。另外还写了《平

---

① 见伊豆利彦等著《日本现代文学史》，第50—51页，三一书房，1954年版。

将门》（1920）、《蒲生氏乡》（1925）、《武田信玄》（1927）、《日本武尊》、《今川义元》（均1928）、《太公望》（1935）、《连环记》（1940）等历史小说，评论《一国之首都》（1901），随笔集《谰言》、《长语》（均1901），剧本《名和长年》（1913）等。

露伴的学识和文学成就深得同时代作家们的赞赏。评论家木村毅在《小说家的觉悟》一文中记载了二叶亭四迷的这样一段话："露伴君的作品使人惊心动魄。……通过他的作品，会引起读者对个人与生活的关系的注视。它们有一股让人反思的巨大力量。"小说家内田鲁庵也在文坛回忆录《人物追想》（春秋社1925年版）中写道："二叶亭认为露伴是当代文坛上首屈一指的人物。"戏剧家坪内逍遥在《小说〈尾花集〉》（《早稻田文学》1892年第28期）一文中把幸田露伴和尾崎红叶做了对比，说"红叶有众多徒弟和模仿者，但谁也模仿不了露伴的独特风格"。东洋史学者石田干之助博士在《露伴全集月报》（第4期）上撰文写道："鸥外和漱石的汉学修养都十分高。但露伴对汉学——中国古典文学和文物的知识造诣，远比这两个人渊博。……他写了不少以中国为背景的小说和戏剧，关于中国的考证、论述和随笔也非常多。"歌人斋藤茂吉在《幸田露伴》一文中写道："作为明治时代以来的巨匠，明治文学的创立者之一，露伴翁建立了不朽的功绩。……他使我们联想到中国宋朝的苏东坡，意大利文艺复兴时期的达·芬奇。"1934至1944

年间，茂吉曾就汉籍、佛典、经史、词曲，向露伴请教过一百数十次。日本当代汉学家伊狩章认为，不论对中国古代思想还是古代文学的研究，露伴的"造诣之深，在同辈人当中都是无与伦比的"①。

露伴还经常发表杂文，对文学、妇女、青年、教育、社会风气等问题都提出过精辟的见解。日俄战争结束的1905年，他在《文坛诸问题·战后文学》一文中写道："日俄战争开始后，曾有人鼓吹战争文学，但均落了空。有些学者估计战后会出现伟大的文学作品，但即使有伟大的作品问世，我也绝不认为它会直接与战争有关。也有人认为打过仗的文学家和小说家会写出纪念战争的杰作，然而文学家和小说家投笔从戎后，恐怕并不会写出赞美或歌颂战争的作品。相反地，他们大概更会站在反战立场上来写战争的另一面。只要看看历史上中国全盛时代的唐朝文学，就不言而喻了。"②

1914年，他在《把力气使错了地方的现代日本人》一文中指出，政府的穷兵黩武政策给劳动人民带来了穷困。"日本的监狱经费比教育经费还多，真是愚蠢至极。……报纸上经常报道，有人过不了年关就故意犯罪，好去坐牢。……竟然使老百姓穷困得想进监狱和警察署的拘留所……这就是今天的现

① 见伊狩章著《幸田露伴和樋口一叶》。第144页，教育出版中心，1983年版。
② 见《露伴全集·别卷上），第139至140页，岩波书店，1980年版。

状。天下有这么执政的吗？

"政治上本末倒置，还要增设陆军，扩充海军，太不自量了。……照目前的状况下去，军备和监狱的经费不断增加，国库被滥用在非生产性的事业上，日本势必患贫血症。其结果穷人和暴民自然与日俱增。"①

1915年，日本帝国主义者利用第一次世界大战的时机，向袁世凯政府提出旨在灭亡中国的"二十一条"。同年五月，袁世凯派陆徵祥与日本驻华公使日置益签订卖国条约，因而激起我国人民空前规模的抗日爱国运动。次年五月，露伴发表《命运的钥匙——中国的命运》一文，对日本的侵略行径委婉地提出异议。他写道："如今交通便利了，世界变得像一家一样，即便想避免和外国打交道，也办不到了。何况是弱国，自然无法依靠本国的力量来解决自家的命运。这正是中国的现状。然而，倘若某个邻国认为它掌握了彻底打开局面的钥匙，那就错了。只有按照造物的安排来使用钥匙的人，才能做到这一点。"②

露伴的文学生涯长达六十载，跨过明治、大正、昭和三个时期，为日本近代文学史留下了不可磨灭的业绩。《芭蕉七部集评释》（1926—1947）是他的绝笔之作。1937年4月，为

① 见《露伴全集·别卷上》，第476至477页。
② 见《露伴全集·别卷上》，第603页。

了表彰露伴在文学上的成就，日本政府特授予他第一届文化勋章。然而他并未因此而受宠若惊，却在祝贺会上大发感慨地说：

"艺术并不是由于受社会的优遇，为许多人所欣赏而变得出色。它也不由于遭到社会的冷遇，受不到青睐而不能存在。记取这一点，就不必纯粹因艺术的关系而获得了一枚勋章，就劳各位费唇舌，更用不着祝贺什么。姑且不谈我个人如何，举日本古代的例子也不相宜，最好予以回避。我们来看看邻邦中国的艺术吧。社会是如何对待那些留下卓越诗篇的众多诗人的呢？也可能有受国家社会的优遇而留下好诗的；然而遭受社会冷遇、被虐待的人，大多是将发自内心的呐喊凝成诗句，写出杰出的诗篇。《诗经》以后，诗歌祖先屈原的诗是在怎样的境遇中诞生的呢？并不是受国家社会的优遇而产生的。不，他的诗乃是受虐待，被压迫和压榨而迸发出来的。苏、李的诗，太史公的大文章，贾谊的赋，后世的唐韩、宋苏，都曾遭过殃，没有一个享过福的，这样才产生了杰作。"①

这篇发言由曾在岩波书店当过编辑的小林勇速记下来，并经露伴本人修改定稿，发表在当年 8 月号的《文学》杂志上。从中不难看出露伴对政府的不满。

黩武者在同年七月就发动了全面侵华战争。战争期间，露

① 见小林勇著《蜗牛庵访问记——露伴先生的晚年》，第 110 页，岩波书店，1956 年版。

伴甘愿过清贫的生活，绝不肯做任何讨好军国主义政府的事。他曾听说日本兵在中国进行掠夺，遂向与自己推心置腹的年轻友人小林勇表示 "这太糟糕了"①。他把自己住的陋室起名为"蜗牛庵"，并于1938年8月对小林勇说：

"蜗牛庵指的是没有家，孑然一身，随处飘荡。以前就是蜗牛庵，今后更是蜗牛庵了。"②

由于露伴熟悉中国的情况，不少报刊向他约稿，但他从未写过一个字来迎合时局③，更坚决不肯在电台露面。记者要求到他家来录音，告诉他不必发表与时局有关的话，随便讲点什么都行。他仍断然拒绝了。事后，他斩钉截铁地对小林勇说：

"说得倒好，讲些与时局无关的话也成！但是只要我现在一广播，这本身就与时局有关。事到如今，我决不愿意广播。"④

幸田露伴的操守，证明他是一个富于正义感、有着高风亮节的文人。

文洁若

1988年3月20日

---

① 见小林勇著《蜗牛庵访问记——露伴先生的晚年》，第128页，岩波书店，1956年版。
② 见《蜗牛庵访问记》，扉页。
③ 同上，第111页。
④ 同上，第277页。

风
流
佛

如是我闻①

上 专心致志，修业数载

话说，珠运雕刻的手艺很高，他把三尊②、四天王③、十二童子④、十六罗汉⑤，甚至五百罗汉⑥都记在心里，并能用小柴刀雕刻出来。连运庆⑦也不晓得的人固然对他大加赞叹，但珠运是知道鸟佛师⑧的，所以他自觉羞愧。越是有志于其

---

① "如是我闻"是经文的头一句话。传说释迦于公元前480年左右去世后，他的堂弟阿难陀诵出经藏，佛教遂第一次结集。作者引用此语，仅仅是表示这是故事的开始。
② 三尊指中间的主尊和左右的两个佛。例如弥陀三尊即阿弥陀佛和观世音菩萨、势至菩萨。
③ 四天王是镇守四方的持国（东）、增长（南）、广目（西）、多闻（北）天王。
④ 十二童子可能是指十二神将，系十二个护法神。
⑤ 据玄奘译《法住记》，释迦牟尼曾令十六个大阿罗汉常住人世，济度众生。
⑥ 五百罗汉是常随释迦听法传道的五百弟子。
⑦ 运庆（？—1223），日本镰仓时代初期的雕刻家。代表作是圆成寺大日如来像、兴福寺北圆堂的佛像，深受当时武士阶级的欢迎。
⑧ 鸟佛师也叫鞍作止利或止利佛师，被称为日本佛像雕刻师的始祖。他是从中国南朝梁来到日本的司马达等的孙子，于公元605年雕的飞鸟寺释迦像（飞鸟大佛）和公元623年雕的法隆寺金堂释迦三尊像被保存至今。

道①，越恨自己功夫不够，尽管生在日本这个美术之国，人家却说现在再也没有飞驒的巧匠②了，真是窝心。因此，他决心：只要活一天，就要竭尽所能雕刻出自己满意的佛像来。同时因受雕刻石膏像的高鼻子洋人的歧视，以此也好出出积压在心里的闷气。他在二十一岁那年，还虔诚地向嵯峨的释迦像③发过誓，一定要专心致志地修炼。

笼罩在岚山④上的彩霞被暴风吹散，使得俳句⑤诗人感到无比惋惜，只好去观赏蝴蝶⑥似的落花。但是珠运却无心去欣赏这趣味盎然的景致，只顾一心一意地去雕刻那从未见过的天竺⑦不知名的花儿，直到晚钟凄然地宣告漫漫长日结束为止。当傍晚的骤雨，冲刷掉三条和四条街道的尘埃，露出的小石面还没有干，但已天空如洗月亮清⑧，诗人吃着月光映照下浸在清澈泉水里的瓜，打趣说，这叫齿牙香⑨。像这样在河滩上纳晚

---

① 其道指雕刻佛像之路。
② 飞驒（日本古代国名，今岐阜县）的工匠是传说中的名工，《今昔物语》卷二十四第五篇记载着他和百济河成（782—853）比赛技艺的故事。百济河成是平安初期的画家，系百济（朝鲜半岛的古国）人的后裔。
③ 嵯峨的释迦指京都市嵯峨野小仓山以东的五台山清凉寺（俗称释迦堂）的主佛像。
④ 岚山是京都市西部的山，以赏樱花、红叶著称。
⑤ 俳句是由五、七、五三句共十七个音节组成的短诗。
⑥ 这里作者可能联想到了日本室町时代末期的俳句诗人荒木田守武（1473—1549）的俳句：一群蝴蝶翩翩飞，疑是落花枝头回。
⑦ 天竺是印度古称。
⑧ 引用的是《新古今集》中平安末期的武将和和歌诗人源赖政（1104—1180）的和歌：黄昏骤雨湿园庭，天空如洗月亮清。
⑨ 化用我国诗人陆游的诗句"梅子初尝齿颊香"。

凉，和他也是无缘的。可笑的是，他边看着暮色朦胧中缠绕在篱笆上的葫芦花，边焚烧着白檀①木屑来驱蚊子，并感慨地说："这是哪辈子修来的福气呀！"

他既不与那些喝得脸色赛过林间红叶的醉醺醺的人为伍；也不同那些边吃着垫了海带的烫豆腐边隔着玻璃赏雪的游手好闲之徒结伙。对岛原祇园的艳色②更是斜眼也不瞟一下，只顾流着口水迷恋着自己雕刻的辩天③女神像。他虽然从来也不听古筝和三弦那别有风趣的小调，却热衷到做梦都能听见紧那罗神④的声音，甚至令人怀疑他是不是被毗首羯摩⑤的魂灵附了体。

就这样，约莫三年的工夫，他在尘世间勇往直前，老天不负苦心人。何况他天生聪颖，小时堆雪做个达摩也好，把萝卜切成红腹灰雀⑥的形状也好，都经常使人大吃一惊。而今他经过千锤百炼，奋发图强，手艺越来越高，刀子越磨越快。他七岁发愿，二十四岁悟道，师父终于允许他出师。珠运是个单身汉，无牵无挂，便心血来潮，要到奈良、镰仓、日光去探访古代工匠的遗迹。于是，他把父母留下的家财变卖一空，扛着少

---

① 白檀是原产于印度的常绿树，木材可做香料。
② 岛原和祇园都是京都市的著名妓院，前者在下京区，后者在东山区。艳色指美女。
③ 辩财天的简称，系七福神之一，司辩才、音乐、福寿、智慧的女神。
④ 紧那罗神是佛教里的音乐神。
⑤ 毗首羯摩是古代天竺的雕刻师，因热心于佛教，死后被奉为佛。
⑥ 红腹灰雀，形状和文鸟相似，有纹彩。

许工具，动身旅行去了。他连草鞋带子也结不好，一路上常常松开，被人取笑，但通过这次旅行，他却领略了人情风俗和人生的酸甜苦辣。

下　不怕吃苦，磨炼之德

尽管世上已有了火车，可他为了修业，却不惜尝尽辛酸。蘸笠已被街上的尘埃弄脏成了茶色，衬衣上也不可避免地粘上了澡堂里的虱子。春天，在漫长笔直的田间小路上走得精疲力竭，看见蝴蝶在明媚的阳光下翩翩飞舞，羡慕之至；秋夜，孤寂地躺在被窝里，听到身边旅客磨牙的声音，吓得他惊魂不定。旅途中遇到种种令人沮丧的事。当暴风刮起热沙扑到脸上时，只好闭上眼睛走路，但又遇上辚辚驰来的马车，响着喧嚣的喇叭，叫他让路，使他惊恐万状。遂又大雨滂沱，新修的路上翻起一块石头，碰在脚上，剥落了趾甲，疼痛难忍。

贪得无厌的车夫趁势大敲竹杠，走到路旁树下讹诈说，车钱之外再赏五成酒钱乃是他们的规矩。到了客店，尽管都只有一天的因缘，也没什么恩怨，但人情薄似身上盖的棉被，使人觉得凉到脖颈。招待也简慢，平平的一碗饭，蒟蒻都发黑了。

珠运虽然对贫穷已习以为常，但他是生长在加茂川^①水质柔和的地方，头一次旅途中浑身被露水打得湿漉漉的，头一次尝到了翻山越岭的艰苦。连梦中都感到孤寂，朦朦胧胧地在熟悉的京都空中萦回，却被狠心的布谷鸟惊醒。隔着破门的缝隙，看见星光灿烂，称霸苍穹，越发难耐凄凉。柳败桐落之际，在野外听到寺院的钟声，便深深觉得生命短暂，宛如穿过森林的闪电，转瞬即逝。他意识到，要想达成志愿，还要走遥远的路程。他知道心猿意马是什么也干不好的，便鞭策自己，总算把东海道的名刹古社^②所存神像木佛以至横梁栏杆上的雕刻都看遍了。镰仓、东京、日光也都参观完毕。最后盼望看看奈良，就在隆冬匆匆登上碓冰岭^③。积雪很厚，从浅间山^④刮下凛冽的风，他却毫无怯色，穿着草鞋踏过天下闻名的和田^⑤盐尾^⑥，进入木曾路^⑦，把日照山、栈桥^⑧、寝觉^⑨甩在后面，抵达了须原客栈^⑩。

① 也叫贺茂川或鸭川，穿过京都市街东部的河。
② 古社指古老的神社。
③ 碓冰岭界于群马、长野两县之间，高956米。
④ 浅间山是位于长野、群马二县之间的活火山，高2542米。
⑤ 和田岭，位于长野县小县郡和诹访郡之间的山岭，高1531米。
⑥ 盐尾岭。位于长野县诹访郡和东筑摩郡之间的山岭。
⑦ 指穿过木曾谷的道路，木曾谷位于长野县西南部，是木曾川上游的溪谷的总称。
⑧ 位于长野县西筑摩郡的上松和木曾福岛之间，是用木材和蔓藤搭成的浮桥。
⑨ 寝觉之床，位于长野县西筑摩郡上松町的峡谷。
⑩ 在长野县西筑摩郡大桑村。

第一　如是相①

难以描述之处，才有美的第一义谛②

须原的山药汁③是有名的，何况珠运肚子又饿了，浇在饭上一连吃了好几碗，格外香甜可口。他怕马上睡下会伤身体，但又无所事事，于是将旅行日记写完后，就百无聊赖地读着用秃笔胡乱写在熏黑了的座灯侧面墙上的字：

山梨县士族山本勘介④讨伐大江山⑤之际在此住宿一晚。

----

① 如是相是佛语，出自《法华经·方便品》，意思是这样的外表。《方便品》中列举的十如是如是相，如是性，如是体，如是力，如是作，如是因，如是缘，如是果，如是报，如是本末究竟。

② 指绝对的真理。

③ 把生山药擦成糊状，加上作料做成的汤。

④ 山本勘介，战国时代（1477—1573）的武将、兵法家。

⑤ 大江山位于京都府福知山市的大江町和加悦町之间，高833米。据说源赖光（948—1021）曾奉朝廷之命讨伐了住在这座山里的酒吞童子。

原来那位英雄独自旅行时闲得发慌，也悄悄地戏写了这么几个字来解闷，不仅可笑，也让人觉得可怜。倘若屋里还有个旅客，就会一见如故，随随便便围着被炉闲聊，而珠运却孤零零一个人呆坐着，把脚伸到被炉里，由埋在灰里的炭火烘着，将头倚在炉架上打起盹儿来。

这时他听到了平静地走过来的脚步声，不同于方才那个脚后跟皲裂的婢女。从纸隔扇后面传来了一声："我可以进来吗？"声音是那么温柔，珠运不觉怦然心动。他忍住打了半截的哈欠，也不知答了句什么。于是纸隔扇轻轻地被拉开了，一个女郎恭恭敬敬地鞠躬道：

"冬天走木曾路，一定很累吧？您瞧，这是本地著名的腌花。梅、桃、樱，一朵比一朵鲜艳。炎热的夏天也过去了，现在已到了下雪的隆冬，可是这些花完全没有褪色。您要是看着可心，就请买下一点，捎给京都的太太当礼物。她给在信浓旅行的您顿顿供上饭①，体恤着您在旅途中该是多么寒冷。"

女郎乖巧地说了这么一套动听的话。她不愧是卖花女，娇媚委婉透着灵慧，伶牙俐齿，使货物生辉。见过世面，却不油滑，举止一点也不轻佻。她安详地打开带来的包袱，掏出两三

---

① 原文作阴膳，家人为了祝福在外未归者而上供的饭食。

盒递过来。珠运早把花儿抛在脑后，只顾盯着那可爱的手出神。女郎避开他的眼睛，把头背过去。

这当儿，从缝隙里刮进一阵风，灯光摇曳了一下。她那天生丽质，虽看不太清，却也掩盖不住。珠运被弄得神魂颠倒，暗想：

——埋没在深山里的这个女郎是什么人呢?

第二　如是体①

父风流倜傥，母憨厚纯真

乍一看，人世间好像其乐融融，细一打听，有些人的身世却意外地凄凉。从前有个叫作室香的艺伎，名声比八坂之塔②还高，比音羽瀑布③还响，在京城首屈一指。"地主权现花失色，盛者必衰若沧桑"④，这句话说得好。她看中了一个姓梅冈的风流倜傥的中国浪人⑤，以身相许，两人海誓山盟。这样一来，哪个嫖客还肯捧别人的情妇，当然也就没有人再招呼她了。她自暴自弃地想：

---

① 如是体的意思是这样的身体。
② 八坂之塔指法愿寺的五重塔，在京都市东山区，高48米。
③ 音羽瀑布在京都市左京区的音羽谷，高4.5，宽2米。
④ 这两句诗引自《平家物语》第一卷《祇园精舍》，但把原句中的"沙罗双树"改成了地主权现。地主权现也叫地主神，意思是土地神，此处指京都清水寺的镇守神。
⑤ 指日本本州西部地区，今冈山、广岛、山口、岛根、鸟取五县。浪人指日本幕府时代没有主子而到处流浪的武士。

身如牵牛花，死活不管它。①

自从她不再爱惜自己这短暂的生命，就连人人都畏惧的新征组②她也不怕了。她手里弹三弦，脑袋里却只有伺候主子③这一根弦。她把这个忌世隐遁的男人悄悄地隐匿了半年多。受苦人自有天佑，也是前世的缘分，她终于有了喜，并高高兴兴地庆祝了结带礼④。但是好景不长，鸟羽伏见之战⑤扰乱了天下，室香那好不容易舒展开来的眉宇间，马上出现了波浪般的细碎皱纹。

老爷⑥生性刚毅，说这正是大丈夫遂壮志的机会，便率领一群同志，要去投奔官军。室香虽然不曾阻拦他，但他一旦踏上修罗巷⑦，是死是活就很难说了。

① 这里引用的是江户时代流行的小调中的头两句。据说是宽文年间（1660—1670）编成的，全文收在《松叶》（1763）里。
② 新征组是江户幕府末期成立的京都警备队。梅冈有志于推翻幕府，所以是新征组追捕的对象。
③ 指梅冈。
④ 日本风俗，妇女怀孕至五个月时，为了保护胎儿，祈求安产而扎白布带，俗称岩田带。
⑤ 这是1868年1月3日在京都的伏见、鸟羽开展的战斗。一方是幕府军，另一方是以萨摩、长川、土佐等藩为代表的忠于朝廷的军队。只打了一天，幕府军大败。
⑥ 指梅冈。
⑦ 修罗是佛语，系阿修罗的简称。阿修罗是古代印度的神，生性好战，因此便把激战的场所比作修罗巷。

他将去往云彩彼方的吾妻路①，天气寒冷的奥州②，临分手时不提回来之事只从大道理说些鼓励话，告诉他此去将走向飞黄腾达的道路，但这是真心话吗？一个妇道人家器量狭窄，不禁掉下担心的眼泪，难道这也不应该吗？室香善于体察人意，这阵子却越想越没了主意，成天失魂落魄的。日子一天天地过去，出发的时刻到了。昨天，她将男山八幡③的护符缝在男人的义经裙裤④里，他半边脸上露出笑容，骂她是"傻瓜"。那声音还在她耳边萦回，但这会子人已走到一里开外去了吧？她在门前踮起脚尖望着，徒然一遍遍地说：

"唉，这双眼睛真不管用，真可恨。哪怕能看见老爷一天的行程也是好的呀。"

她这种心境，也是合情合理的。

一个月、两个月过去了，然而此恨绵绵无绝期。隔壁的艺伎在学筑紫筝曲⑤，听着她唱的歌，再想想自己的身世，感到无比凄凉。"铮铮铮，快还钱；铮铮铮，快还钱！"那些铁石心肠的债主不分早晚来讨债。她却连回答他们的气力也没有。

女萝离开了男松，难道就必须被这种世风如此蹂躏吗？

---

① 指东国地方（关东一带）的各国。
② 指东北地方的陆奥国，今青森县和岩手县的一部分。
③ 男山八幡即清水寺八幡宫，在京都府八幡町。因为坐落在男山顶上，故名。
④ 义经裙裤是在战场上穿的，裤脚穿了根带子，便于行动。
⑤ 战国时代末期，肥前国的僧侣贤顺所创始的筝曲流派叫作筑紫流派，它是近世各流派筝曲的渊源。这里是泛指各流派。

她低下头，斜着眼睛瞟着橱柜门①上贴的书画，当中有一幅出自广重②之手。越是对讨债感到懊恼，就越眷恋远在天边的人，嘴里念叨着：

"快回，快回。"

来人怒吼道：

"你连利息都不付，倒叫我快回去，亏你怎么说得出口！"

室香说：

"哎呀，别这么大声叫唤，你平素不是这样的呀。"

说到这里，想起自己肚子里的宝贝。那不是她自己的孩子，而是那一位留给她的宝宝。还没看到娃娃的脸，就已经疼爱得不得了。有一天晚上，她听人说唐土③有胎教一说，一点也疏忽不得。可是自己却沦落到这个地步，好窝心哪。她尝到了断肠之苦。

天女也有五衰④之相，不知什么时候，玳瑁梳子、珍珠搔头⑤都没有了，美丽的华鬘⑥也无影无踪了。她也懒得修饰边幅了，原来人人都说她皮肤光润，现在却因心情郁闷，失去了光

---

① 原文作袋户，即袋棚的门。这是位于壁龛旁错花隔子上的壁橱。
② 即安藤广重（1797—1858），日本近世的浮世绘画家。
③ 唐土是日本过去对中国的称呼。
④ 天女五衰指天女弥留之际的五种衰相：（1）衣服肮脏；（2）头上的花枯萎；（3）身上有气味；（4）腋下出汗；（5）不爱自己所在之处。
⑤ 原文作"根掛"，女人发髻根上的装饰品，用布帛、金属、宝石等制成。
⑥ 华鬘原是印度人挂在身上的花环，后来转为供在佛前的装饰品。此处指发饰。

泽。许多件心爱的衣服，也被债主拿了去或换成了日用品，只剩下身上一件穿旧了的家常衣服，也用不着再焚什么灵香①了。弟弟是她唯一的亲人，那是个好赌博的酒鬼，穷困潦倒，有什么伤心事也不能找他去商量，这样一个弟弟真是还不如没有呢。唯一可以依靠的是心地善良的老女佣。

室香就这样过着枯燥乏味的日子，及至月份足了，一个如花似玉的女婴呱呱落地，取名辰儿。那就是卖腌花的女郎。

客栈老板当年为了祈求神佛保佑，去参拜伊势神宫，风流场上的事②好像略知一二，他把卖花女的身世如此这般地讲述了一番。珠运也并非木像，他擦去眼泪追问下文。老板说：

"稍等一下，只顾着说话，炉火都快灭了。"

---

① 灵香是焚给天女的，此处把室香比作天女。
② 江户时代的庶民参拜伊势神宫后，归途经常到古市等妓馆区去游逛。

第三　如是性①

上　母遇风暴梅香散

"山里的客栈，要说好吃的，左不过是豆腐皮、干鲑鱼罢了。您不像是一般开化②的年轻人，今天晚上特地到茶间③来，愿意从头到尾听我这个秃老头儿唠嗑。正好夜长，就讲讲阿辰的故事来招待您吧。遗憾的是，去年还能讲得又有趣又悲惨，惹得轻薄的京城人——啊，对不起，我的意思是心软的京城人——在木曾哭上一场。可惜缺了一颗门牙，眼下漏风，连菩提寺④的和尚都说我读起书简文⑤来不如过去了。所以微妙的词

---

① 意思是这样的特性。
② 开化指文明开化，日本人用此词来指明治初期（1868—1887）的近代化及欧化主义风潮。
③ 吃饭的屋子。
④ 梵语，意思是正觉，佛教徒世世代代死后在某个寺庙举行葬礼，作佛事等，那便是这个家族所属的菩提寺。
⑤ 原文作御文章，指本愿寺的莲如上人用书信体注释真宗教义的文章。

句和手势就省略了。"

老板预先交代了一番，随即叼起马夫用的那种烟袋杆儿，啪啪地悠然吸了两三袋烟。把引火柴添到炉子里后，灰毫不客气地扬到束腿裤上来，他砰的一声掸掉灰，说——

兴许是从小爱看读本①的关系，我一谈这种故事就来了精神儿，高兴得忘乎所以了，每次孙子们都笑话我那不分你我的痴迷样子。您知道我有这个老毛病，要是听着吃力就请多包涵着点。

话说室香是个感情很深的女人，爱阿辰心切，她寻思：即使鼓起勇气，拿起三弦的拨子重操旧业，也不过是跟那些在妓院花钱如流水的冤大头和对烟花柳巷情形半通不通的嫖客打交道而已。她再也不愿意干这种向嫖客献殷勤、在酒席宴上周旋的行当了，于是把象牙换成枸骨②，改教孩子们音曲③。她既有炉火纯青的技艺，品行又端正，为了抚养孩子，精神也就振作起来，对弟子们自然教得热心。于是人们都说她是个好师父，

---

① 读本是江户时代后期流行的大众小说，大多宣传劝善惩恶思想。泷译马琴（1767—1848）的《南总里见八犬传》便是有代表性的读本。
② 这里把象牙比作艺伎的阔绰生活，用枸骨来形容三弦师父的朴素生活，枸骨质地坚硬、颜色发白，可以代替象牙，用来做三弦的拨子。
③ 音曲是用筝和三弦来伴奏的俗曲。

颇为器重。生活有了着落，保持着小康局面。但是当小姑娘正荒腔走板地尖声唱着"今昔"①的时候，阿辰便哇的一声哭了起来。这种事屡次发生，室香于心不安。她操劳过度，奶水也不够，所以一狠心，就把娃娃寄养在附近一个人家，自己拼命挣钱。旁人看了，都钦佩得流下泪来。

可是老爷太薄情了，走后一点儿音信也没有。想写信给他，却不知道地址，也不能套上背心②，母女二人到处去朝山拜庙啊。只有在梦中才能见到自己想念的人。醒来一想：他没说话呀，说不定中了流弹，已死掉了吧？我为了许愿，茶和盐都戒了，一心一意地祷告，他也不该不知道呀。就连神仙，要是不懂得眷恋之情，我也不想膜拜。

一边发牢骚，一边哭个不停。就这样发愁饮恨，一天天地挨过去。虽然不曾理会自己的年纪越来越大了，但岁月如流。阿辰早已学会了迈步，偶尔和养母一道回家来，咬着舌头讨点心吃。那嘴形长得和心爱的人儿一模一样。室香紧紧地搂住了娃娃，再也舍不得撒手了。于是娃娃三岁那年的秋天，室香把她领回来亲自照看。她心头的愁闷稍微得到了排遣。正如贫穷的家庭也能得到太阳的温暖一样，母女过的虽是凄凉的日子，

---

① "今昔"是清元小调《阿染久松道行海鸥浮寝》的头两个字。
② 原文作"笈摺"。朝山拜庙的人背上要背一个放杂物用的笈，为了防止笈把衣服磨破，就套上一件无袖和服外褂。

娃娃的嘴边却露出高贵的笑容。然而狠心的爹呀，家也不肯回，难道不想看看小妞儿长得多么漂亮吗？娃娃虽小，也已懂得怀恋爹爹。妈妈教她，爹回家来的时候，该怎样鞠躬。娃娃牢记在心头，举止娴雅。室香盼着孩子她爹回来，夸她把孩子教育得真好。可是心上人左等也不来，右等也不来。她不免胡乱猜疑起来：

难道是到哪儿的龙宫去了，坐在仙女的身边不成？[①]

室香认为，他把大人忘掉犹可，要是将娃娃也抛在脑后那可不能原谅。她起这样的念头，也是情有可原。

室香是个正派女人，然而老天爷却很不公道，不体恤她的哀忧之情。

命运像掷骰子，完全没个谱儿。阿辰的舅舅是个酒色之徒兼赌棍，诨名叫"乱掷七"。长得虽然英俊，却厚颜无耻，没有不讨厌他的。一个人的身量有限，就是伸开四肢睡成大字形也占不了一坪地[②]，偌大的京城却容不下他，他只好走江湖去做木工，经过美浓[③]路，辗转来到信浓。刚好须原地方的一个财主要盖养老用的房子，他便去帮忙，按照师傅的吩咐，一会儿刨柱子，一会儿装板壁。墨线虽打不直，邪门歪道的事却很在

① 典出日本民间浦岛太郎的故事。传说他骑在乌龟背上到了海底龙宫，在仙女的陪伴下住了多年。
② 坪是日本的面积单位，1坪等于36平方尺。
③ 美浓是日本旧国名，今岐阜县南部。

行。他跟这家的宝贝闺女阿吉小姐眉来眼去。也不知道是不是用竹笔①在刨花上写下的情书，反正终于唆使小姐和他发生了关系。

财主是个糊涂虫，溺爱小姐，说既然有缘分也就无可奈何了。也没弄清这个男子的为人就把他招为女婿。不知道这位举世无双的恶狼女婿上门后财主心里是否踏实了，反正他当年就上了西天。于是，"乱掷七"把山林、房屋、仓库，连同廊檐下面的米糠盐②缸都统统继承下来。当全村的人举行聚会时，他便大模大样地坐在上座。人世间的事，多么可笑啊！

初秋刮起台风，乱云飞舞。这时可怜的室香患了轻微的感冒，从此卧床不起。冷飕飕的秋夜，和越来越远的虫声做伴，让人对一切都想开了。她独自寂寥地躺在被窝里，翻来覆去睡不着觉，意识到自己命在旦夕，不久就会像霜露一样消失。她勉强写下了阿辰的身世，因为手发颤，墨迹也不大清晰，然后把这张纸和孩子她爹丢下的一片诗笺一道装在护符袋里。

她向加茂明神祈求说：

"神明在上，请可怜可怜我这个命在旦夕、无依无靠的孩子吧。倘若老爷还在世，保佑他们父女团聚吧。老爷要是能说句：'室香虽是艺伎，却是个好女子，会体贴人，我很高兴。'

---

① 竹笔是把竹子的一端劈成细丝做成的，木匠用以代替笔。
② 拌了盐的米糠，用以腌菜。

那么就请把这话捎到九泉之下给我听一听。"

遥拜完毕，睁开眼睛一看，灯光只剩下萤火一般大小，微弱的光线下，孩子的睡脸是如此天真无邪，也不知在做什么梦呢。室香心想：

——哪怕再让她长大十岁，梳上银杏髻①，我再死也好啊。

于是咬着袖子偷偷哭泣。这当儿，阿辰在梦中魇住了，哇的一声哭道：

"妈妈，好痛，好痛。我爹还没回来吗？源儿打我，疼死了。他说没爹的孩子是狗崽子，打得我好疼啊。"

室香说："啊，当然要痛了。"

于是把孩子搂在怀里，孩子就香甜地睡着了。多么可怜可爱。唉，纵有一身病，怎么能撇下孩子死掉呢？天下有像我这样悲惨的人吗？

下　儿如清水泣岩下

格子门哗啦一声被拉开了，又静悄悄地关上了。② 七藏穿着华丽的衣服，摆出一副自命不凡的样子走了进来。久疏问候，

---

① 银杏髻是日本妇女的一种发型。
② 这里，拉开门的是七藏，关门的是他的妻子阿吉。

也不道声歉，一味得意扬扬地讲述自己获得今天这个身份的来龙去脉，最后傲慢地说了句：

"我带老婆来见见你，顺便也让她逛逛京城。"

他的妻子文静地深深低下头去说：

"我叫阿吉，乡下人不懂规矩。如今荣幸地跟您成了一家人，往后请多加照顾。如果您不嫌弃，就把我当作亲妹子吧。"

口气之间充分显示出山里人的淳朴厚道。

室香欣喜不已，挣扎着抬起头，恰如其分地向她致意。

阿吉是个热心肠的女人，以慈悲为怀，她说：

"姐姐病得这么重，又拖着个年幼的孩子，我把你们丢给别人，自己去参观祇园①、清水②、金银阁③，又有什么意思呢?今后我就守在姐姐身边看护。"

七藏绷起脸来，暗自想着：这是多管闲事。但又不便阻拦。于是说：

"家里太窄，那么我就一个人回客栈去了。"

当天晚上他是在室香这里吃的饭，几盅酒下肚，然后醉醺醺地信步走了。

他哼哼唱唱，喷着酒气，被河④风吹着，东倒西歪地踱到

① 祇园是京都八坂神社的旧称。
② 指坐落在京都市东山区的清水寺。
③ 指分别坐落在京都市北区和左京区的金阁寺和银阁寺。
④ 指鸭川。

先斗町或川端①一带就留宿了，真是无耻透顶。

室香由于孩子有了托付，感到这诚然是神的恩惠，也就放下心来。见到阿吉后的第三天，她安然地获得了善终。作为艺伎，风流一世，弥留之际却以美妙的嗓音虔诚地唱诵南无阿弥陀佛。于是为她送葬，在鸟部野②化为一缕轻烟，在佛法的风吹拂下扬扇翩翩起舞③。和尚听说这个情景，就流下随喜④之泪说：

"极乐世界无疑是添了一名歌舞女菩萨。"

阿吉总不能撂下不管，便给了老女佣一笔钱，把她打发走了。正这样那样归置的时候，阿吉在持佛龛⑤最里边找到了一个包包。她纳闷地打开一看，是各种各样的货币，加在一起不到一百块钱。吃了一惊，仔细一看，包钱的纸上写着：

> 生活虽拮据，却一分、两分地存起了这么一笔
> 钱。我万一有个好歹，便将此款赠给肯收留阿辰的那
> 一位，聊表谢意。

---

① 京都市中京区的花街。川端是鸭川东边的街道，也是当时的花街。
② 位于京都市东山的旧火葬场。
③ 艺伎表演舞蹈时手执折扇。这里指室香死后依然拿着扇子迎风跳舞。
④ 随喜是佛语，意思是见到别人的善行而衷心感到欢喜。
⑤ 原文作"持仏棚"，在这里供着平素侍奉的佛像。

阿吉边读边难过得心如刀割，心想：妈妈对孩子爱得这么深，我能不扶养她吗？于是阿吉带着五岁的阿辰，和丈夫一道回到须原去了。

因果正如扣骰子的碗边①，循环不已。七藏本性毕露，反正家道殷实，便去争长半②。他成了一群恶棍手下的冤大头。老婆看到家底儿越来越薄，前途多难，就苦口婆心地劝诫。他说：

"妇道人家懂得什么。我精通此道，才不会受骗上当呢，怎么可能回回都输呢？"

于是他索性跑出去，一连三四天也不回家，在松本③善光寺④或饭田⑤高远⑥一带的赌场里转悠。输了呢，就傻里傻气地赔了夫人又折兵；赢了呢，就叫条子，由妓女伺候着喝喜酒，把这笔横财花光了拉倒。这个毛病怎样也改不掉，继承的山林比沿着坡道跑下去的春天的马驹儿还快地被挥霍得一干二净。

阿吉终于焦急得病死了。阿辰在年仅十岁的冬天就尝到了人世间的悲苦。舅舅也不回家，正束手无策时，左邻右舍说：

"那家伙真可恶，跟长久保的嫖子鬼混，老婆死了也漠不

---

① 扣骰子的碗边是圆的，而七藏好赌，所以这么说。
② 日语中，长半与丁半谐音，赌博用的骰子上的偶数（二、四、六、八、十）叫作"丁"，奇数（一、三、五、七、九）叫作"半"。因此，争长半（丁半）就是赌博的意思。
③ 松本是位于长野县中部松本盆地的城市。
④ 善光寺在长野市。该市位于长野县北部，是以善光寺为中心而发达起来的。
⑤ 饭田是长野县南部的城市。
⑥ 高远即位于长野县上伊那郡的高远町。

关心。”

大家可怜阿辰，就帮着把丧葬事办完了。那以后，七藏的生活越发放荡了，遭到村里那些正经人的嫌弃。他却一意孤行，终于把须原财主的房子连同庭园中的石灯笼一道转让给人，甚至美丽的青苔也饶上了。风掠过长屋门①里参天枞树的梢头的声音，还和过去没有两样，七藏却已搬到旁边的破房里去住了。

人的习性犹如木屐的齿，一旦歪了就再也纠正不过来。他身无长物，唯独缺不了酒盅，已经到撅两根枯柴当筷子使的地步，还在炫耀他那副象牙骰子，真是昏聩到家了。

有这么个舅舅算是倒了霉。阿辰的肌肤比御岳②的雪还白净，脸长得像石楠花一样美，有一股灵秀之气。然而凡是要娶她的人，只要一听说比山崩还可怕的七藏这个名字，就吓得毛骨悚然，打了退堂鼓。她已年过二十，还待字闺中，真是凄惨。白天在家搞副业，肩膀累酸了也舍不得歇口气，晚上一家家地串驿站上的客栈，兜售腌花。欺负她的旅客当中，有的说不定还是秽多③出身的呢。回家的路上，用当天辛辛苦苦挣到

---

① 江户时代讲究的邸宅，从三间连檐房的正当中那间出入，隔着左右两间的窗户可以瞭望街上的情景。
② 御岳即木曾御岳上，位于长野、岐阜两县之间，高3063米。
③ 秽多是对部落民的蔑称。这是江户时代因所从事的职业关系形成的贱民，从法律上来说，已于明治四年（1871年）获得解放，但至今还受到歧视。

的几个铜板打上酒，笑嘻嘻地讨舅舅的欢心说：

"您一个人怪冷清的吧，没遇到什么不方便吗？"

但是她这么殷勤地伺候，老七有时还找碴儿。前些日子甚至提出要她到上田①去当娼妓的不合理的要求。好个贪得无厌的家伙！连吃活饵的老鹰，也会饶恕供它取暖的鸟儿②啊。

---

① 上田即坐落在长野县上田盆地的上田市。
② 据说隆冬的夜晚，老鹰抓到小鸟后，用爪子按住它，供自己取暖。第二天早晨把小鸟放走后，当天绝不到小鸟飞去的那个方向去，以对小鸟表示谢意。

第四　如是因①

上　难以忘怀根本情

人的身世各有不同，珠运也不知道该怎样去认识。今晚他听了这番话，领会了人世间的悲哀。掠过客栈一角的山风使他感到格外寒冷。他难过得心如刀割，像自己亲身经历似的，鼻子都酸了。向老板道谢毕，回到自己屋里，蓦地看见了摆在壁龛上的两盒腌花，那是他刚才买下的。换了衣服，一歪身躺下去。可是，一蒙上被子，阿辰的身姿便历历浮现在眼前。伸出头睁开眼睛吧，腌花映入眼帘；闭上眼睛吧，阿辰的面影又浮现了。连他自己都感到愕然，又睁开了眼睛，于是又看见了腌花。他思忖道：

啊，一看见这个，就想起听到的那段身世，弄得睡不着

---

① 意思是这样的因缘。

了。明天还要翻过马笼岭①，走到中津川②呢，不好好睡一觉怎么成？

他吹灭了座灯，定了定神。可是那婀娜花容又历历在目。他说了声：

"嘻，不像话！"

于是他把眼睛睁得像铜铃似的瞪着天花板。这一次看不见腌花了，但也是白搭，梅花香透过盒子飘到枕畔来了。他怦然心动，这颗心便成了种子，怒放出妩媚的桃花、樱花、薄荷花、菊花，众花争妍斗艳。好像还听到了前来吮蜜的蜂群的振翅声。他寻思：

——连耳朵都妄听，太愚蠢了。

随即紧紧地闭上两眼，用棉睡衣蒙上了头。这下子更不得了。阿辰那富于魅力的形象浮现在幻觉的灿烂花环中。岂止是高贵，背后居然还有一圈朦胧的光晕，俨然是一尊白衣观音。他思忖道：

——古人也没雕过这么出色的雕像！

这本是他热爱的本行，他便不禁神思恍惚起来。这当儿，在厨房里捣乱的老鼠的骚动声划破冬夜的寂静传了过来。真是可恨啊，简直睡不着觉哩！

① 中山道的马笼驿站和妻笼驿站之间的山岭。
② 中津川即岐阜县中津川市。这里曾设有中山道的驿站。

下 情切切有增无已

木讷近仁[①]的店老板好意劝珠运道：

"那些准备得十分周全的人，穿着束腿夹裤，帽子外面再戴上头巾，拉得低低的，呢绒外衣的扣子扣得严严实实，为了使外衣不至于晃动，脖子上再扎条手巾。鹿皮裙裤上紧紧地打上绑腿，脚上是两只分趾袜，稻草鞋里塞上三四只辣椒，省得生冻疮，再戴上皮子做的手背套，背上背着套鞋[②]，以防万一。就连这身装束，遇上这场暴风雪都不容易对付，何况你这个来自京城准备得很单薄的客人？嗖嗖地掠过天空的寒风，刮得众山鸣动，山顶上、树梢上和峡谷里的雪一齐纷飞，把视线整个遮住了。一眨眼的工夫大雪就遮住了路，没到腿肚子。连鼻孔里都刮进了雪花，比淹进水里还难受，你要是还惜命，就请暂且住下。"

这情景光是听着都令人胆战心惊。珠运本来并不急着赶路，就在熏笼旁坐下，说道：

"那么就再多打扰一天吧。"

---

① 引自《论语·子路》第十三："子曰，刚毅木讷近仁。"
② 原文作足橇，也作樏。把树枝或蔓做成球拍形，套在鞋下，以免走路时陷进雪里。

他抽烟来解闷，喷出烟圈，室内弄得朦朦胧胧的。往四下里一看，一只黄杨木梳[①] 蓦地映入眼帘。于是想大概是卖花女不小心掉下的，就将它捡起。当即怀念起梳子的主人，重新回忆着昨夜老板讲的故事。他憎恨姑娘的舅舅，认为人世间太不公平，总觉得阿辰真可爱。

——我要是神佛的话，就一定让七藏暴死，让姑娘和她那下落不明的父亲团聚，并教宫内省[②] 授给她贞顺孝行的绿绶、红绶、紫绶等，戴上所有的奖章[③]。还要让小说家把她那凄凉的身世写成一部趣味盎然的小说。让祐信[④]、长春[⑤] 等人复活，将其美貌描绘得栩栩如生。让她嫁给日本头号富翁，把她身上那打了补丁的棉布衣服换成绫罗锦绣，在那蓬乱而没有油性的头发上涂抹最上等的伽罗[⑥] 旃檀[⑦] 之油。恨不得把铁火箸那么长的黄金脚装在饭团那么大的珊瑚珠上，让她簪在头上。

但他没有神通力，无可奈何。将家财变卖一空，怀里还有三百余两，然而这是立业的资本。一路上省吃俭用，只要有一

---

① 原文作插栉，是作为装饰品插在头上的。

② 是现在宫内厅的前身，设于1869年。

③ 绿绶奖章是授给孝子节妇等品德高尚者的，红绶奖章是授给奋不顾身地救人性命者的，紫绶奖章是1955年才制定的，当时还没有，是授给学术、艺术方面有功之士的。

④ 酉川祐信（1671—1751），江户时代的浮世绘画家，以画艳丽的美人著称。

⑤ 宫川长春（1683—1753），江户时代的画家，以画娴雅的美人著称。

⑥ 产于印度的香水。

⑦ 产于印度的香木，即作香料用的檀香。

只草鞋还没破，就舍不得丢掉，连绢绞①做的发饰②也舍不得随随便便赏给她一条。

然而他对少女一往情深，她那高尚品质使他难以忘怀。有没有好办法和这样一位善女结上良缘呢？

——啊，有主意了。

于是赶紧解开小小的行李包，取出小刀，用一小块磨刀石把刀尖磨得尖尖的，随后花上整整一天工夫，在梳背上刻了点什么。用纸包好，边翘首企盼着边想：阿辰来了，会露出什么样的神情呢？相思真是个无法理解的东西，珠运这个附庸风雅的家伙的可笑行为扑了个空，暴风雪肆虐了一晚，少女怎么走得了这样的路呢？

水不流动就越积越深，见不到人就越发怀念不已。珠运暗想：

——我坐的这间幽暗小屋，虽然被烟熏黑了，总还有个天花板。铺席尽管已经发红，总还没破。不知是不是去年春天屋顶漏了，纸隔扇上的李白画像头部留下好几道瀑布般的污迹。但是房屋构造结实，对严寒浑然不觉，待着很舒适。就连这样，还感到冷清，心境悲凉。那可怜的少女却住在茅屋里，恐

---

① 原文作"绢绞"。将绸子扎紧，浸在染料中，染后形成白花纹。
② 原文作"半挂"，也叫跳元结。将3厘米长、2厘米宽的几个绸条叠在一起，穿以铁丝做成的发饰，也有用金纸银纸做的。

怕连天花板都没有。柴烟把屋顶熏得发出难看的黑光。火绒般的煤烟耷拉下来，活像垂挂在高山里松树上的青苔。

她将柔软的乌发梳成垂髻，不顾苗条的身子软弱得好比还没凝成玉的露珠，仍温顺地乖乖坐在稻草都露出来的破席上。不通人性的七藏，想必又是摆出一副臭架子，盘腿坐在炉边。珠运仿佛亲眼看到了七藏那张可憎的面孔。他穿着一身深蓝格子大棉袍，尽管已经喝得够多的了，可是他不知分寸，还嫌不够呢。他一面恶狠狠地瞪着倒在炉子角落里的白瓷细嘴酒瓶，一面把视线转到正忙着做针线活的阿辰身上，叫她停下手来，向她提出无理的要求。这个嗜酒如命的酒徒的毒舌，活像针一样锐利，刺痛了阿辰的心。衣衫单薄的阿辰在回答时，是不是冻得瑟瑟发抖呢？朔风毫不留情地猛刮，薄薄的一层墙破烂不堪，里面的骨架都裸露出来。用来挡风的草帘也是松垮垮的，无济于事。生活毫无奔头，好运已被贫穷吓跑了七分，只靠三分依恋来苟延残喘。珠运精神恍惚，唉的一声叹了口气。

这时听见雪沙沙地打在挡雨板上，熏笼里的火似灭未灭，脚尖已冻得冷冰冰的。

第五　如是作①

上　不由得而生其心②

灿烂的旭日东升，虽然照在脊背上并不暖和，但是山峰上的雪沐浴在阳光下，景色美得晃眼。西洋腥臭的尘埃③不曾扬到这里，岐苏路清净洁白，使人觉得踏实。房檐附近小鸟的鸣叫声也和神代④毫无二致，残留着古代日本国的情趣。人们之所以对这些无聊的东西都会发生兴趣，乃是因为昨晚的风暴已销声匿迹，透过云彩的隙缝可以瞥见蔚蓝的天空，从而感到心旷神怡的关系。

珠运一觉醒来，就着咸梅，早饭吃得格外香甜，再酽酽

---

① 意思是这样的作用。

② 《金刚经》里的话，这里作恋情解。

③ 露伴曾在1920年左右写了一首叫作《日本歌》的汉诗，主张不能向西洋一边倒，在吸收西洋的知识和文明时，不要丢掉东洋的道德。

④ 据《古事记》和《日本书纪》上所记载的神话，神武天皇以前有七代神。

地喝上几杯茶。他穿着雪靴①飘然而去，因为踩不到泥，脚步也轻盈。既然在梳子上刻下了一腔情谊，不交给姑娘也怪可惜的，就向客栈老板打听了一下地址。据说阿辰就住在从大街稍微拐进去一点的地方。他想，顺便去一下，从窗子里扔进去吧，于是溜达着去了。前面果然出现了一栋被蜿蜒的外墙围起来的体面的房子，院内枞树高耸，想必是须原财主的故居了。旁边果然有一间被最近这场暴风刮歪了的破房子。他走过去窥伺里面的动静。阒然无声，似乎没有人。他不禁纳闷起来，就把耳朵贴在破门上倾听。于是传来了喊喊喳喳的声音。越发觉得不可思议，仔细一听，原来是女人饮泣声。

——七藏这个狠心肠的家伙，干下了什么事呢？

珠运东瞧瞧西望望，在挡雨板上找到了一个大节孔，就扒在上面往里瞧。真是岂有此理，也不知是鬼还是恶魔干的，这个被珠运奉为当代摩利夫人②、看得那么尊贵的姑娘，竟被残忍地捆在后面那个毛毛糙糙的柱子上，还将一条肮里肮脏的手巾粗暴地塞在她那花瓣般的丹唇里。束发髻的带子已被撕裂，大颗大颗的眼泪像断了线的珠子，扑簌簌地滚落下来。柳叶般的长发披在脸上，像有说不尽的怨恨。衣襟被扯开，露出了酥

①　下雪时穿的一种稻草编的靴子。
②　摩利夫人是一个聪慧的美人，生在印度迦毗罗卫国的知事家里，后来成为波斯匿王妃。

胸，那皮肤白里透粉，犹如春天黎明时的白雪。看光景，已奄
奄一息了。

　　见此情状，珠运再也按捺不住，不顾一切地踢倒挡雨板，
一个箭步蹿进去。他恨不得自己长了四五只手，急如星火地为
她去掉手巾，解下绳子，并从怀里取出那把梳子，边说"把头
发梳梳整齐吧"，边递给姑娘。他心疼姑娘的身子冻得那么冰
凉，就情不自禁地紧紧抱住她，用一只手抚摩她的背，说："背
上一定被柱子扎坏了吧。"

　　姑娘愣住了，一时说不出话来，只是凝眸看着他。他很难
为情，向后退了一步。这才蓦地发现自己忘了脱鞋，弄得席子
上到处都是雪。他莫名其妙地就那样逃了出去，拼死拼活地跑
了两丈路，却险些被雪滑倒，打了个趔趄，勉强站住。这才想
起：糟了，忘了拿伞和行李！于是又折回去。这时间阿辰已来
到门口，拽住他的袖子，把他往里面拖，怎样也甩不掉。他并
不曾后悔自己刚才的行为，也不觉得害怕，但是毕生还没感到
这般奇妙过，只好惶悚不安地坐在席沿上，只顾打量着堂屋地
上的碎木片什么的。

　　姑娘娴雅地鞠了个躬，略低着头说：

　　"你是在龟屋住过的客人，不忍我受苦，替我解了围，我
固然打心眼里感谢，但是我已认命了，我是无论如何逃不出虎
口的。直到方才我还没死心，现在觉得自己太愚蠢，因而生自
己的气。请您还是把我照原样捆起来吧。我也不告诉您刚才是

怎么回事儿就这么说，您一定会认为我不识抬举，瞧不起我。我很惭愧，您以慈悲为怀，替我解下绳子，我不但没有好好致谢，还提出这么不合道理的要求，我真是感到痛苦。"

珠运没想到她会这么表示，不禁惊愕地说：

"这怎么能行呢？情况虽然可能很复杂，可你这个要求太不近情理了。你要是叫我去揍那个捆你的家伙，我是愿意尽我绵力的。但你是我钟情的人，我黑天白日不断地想念着你，把你当作至尊至贵的菩萨来崇拜，叫我怎么忍心把你捆起来呢？这比用糖做的小刀在赤楝^①上雕刻还要困难。

"你只要看看你前天晚上落下的这把梳子就明白了。说起来，龟屋的老板已经把你的身世大致讲给我听了。恕我冒昧，我特别特别同情你，假若我是神佛，巴不得为你做这样做那样。但既然办不到，为了聊表寸心，我就不顾肩膀酸痛，花了整整一天工夫才好不容易雕刻成这个样子。倘若你不嫌弃，把它插在头发上，那就是我此生最大的荣幸，再高兴不过了。我特地把梳子送来，见到了方才的情景，叫我怎能冷眼旁观呢？也许我做得过分了，然而实在是忍无可忍，才把绳子和手巾都拿掉。要是我做得不对，怎样道歉都可以。可是让我把你照原先那样捆起来，那太残酷了。难道你认为我是铁石心肠的人

———————

① 指红檀，是最上等的木料。

吗? 不然怎么会叫我做这样的事呢? 无论如何, 我也不干。"

阿辰边听着这位心地纯洁的男子斩钉截铁地述说, 边拿起梳子审视。在那只有一分多厚, 约莫二分宽, 也不怎么长的梳脊上, 不但浮雕出单瓣的梅花、重瓣的樱花和桃花, 还有菊花、薄荷花, 精细得肉眼几乎难以分辨, 惟妙惟肖, 让人觉得香气扑鼻。

——这是什么人呢? 工艺怎么这样精巧?

阿辰边思忖着, 边悄悄地转动眼珠瞟着他。只见他皮肤不黑, 五官端正, 眉清目秀, 神态不凡。又听了他方才那番恳切的话语, 叫这位少女怎么能不高兴呢?

中　倾诉衷肠情谊深

"你说已经认了命, 怨自己刚才没有想通。但是世上没有笑眯眯地认命的人, 大都是咬紧牙关, 才死了心。你大彻大悟, 认为自己摆脱不了厄运, 这种看法未免过于厌世了。你想必有难言之苦, 才会从这好看的嘴唇中吐出这种虽然合乎道理却违背人情① 的话。我体谅你的苦衷, 大致能明白你的心意,

①　佛教认为人生是不幸的, 所以阿辰的话符合佛教的道理; 但追求快乐乃人之常情, 所以她的话违背了人情。

不禁可怜你。

"唉，可恨的三世相①，这是谁造成的因果，竟然把鲜花和蜘蛛网搭配在一起，让你和七藏有这么个缘分。想到这里，我珠运连老天爷都要抱怨了。我虽然未必能出什么好主意，但是背痒了，就得用老头乐②来挠一挠。要我捆住你这娇弱的身子，我是碍难从命。要是叫我做别的事，我倒是一定绞尽脑汁替你想办法。究竟是怎么回事呢？我倒不是硬要打听，但是就此分手，只觉得像是画龙而不点睛。要是告诉我也不碍事的话，我听了，一定尽力为你效劳。"

阿辰听罢，寻思道：

——世态炎凉，连舅舅都逼我跳火坑，可这个萍水相逢的人，竟如此仁义。

她悲喜交集，感动万分，抽抽搭搭地哭起来。俄而转念一想，说：

"您的种种好意，我深深感谢，但我的身世是不便告诉您的。不是不肯说，而是不能说，请您体谅我的苦衷。我是因为和长辈合不来，刚刚受了惩罚。要是把见不得人的丑事啰里啰唆地和盘托出，您这位热心肠的人就会认为我浅薄无聊，从而

_____

① 佛语，算命意。三世指过去、现在、未来或前生、今生、来生。三世相是根据卜签术和佛教的因缘说以及本人的生辰、相貌等推算过去、现在、未来的因果、善恶。
② 老头乐也叫痒痒挠儿，挠背用的竹器。

嫌弃我，那就太可怕了。然而我绝不是存心辜负您的厚意。您那些体贴入微的话语我铭记心头，哪怕转生七次，也不会忘记。今天我才知道没有白白生为女子，别提多么高兴了。最后熟的果子和刚上市的一样珍贵，可惜时间太短暂了。您是旅客，我们才刚刚见面，可是旭日还没离开树梢就得分手。哪怕替您扛扛行李，送您到三户野、马笼①一带，让您肩上轻快轻快也是好的。但这是办不到的，舅舅随时都可能回来，那可就麻烦了，他指不定会说出什么话来呢。我的话听起来很冷淡，但都是为您着想。要是惹出事来，就太过意不去了，请您务必回去吧。唉，我恨不得留您一千天、一万天哩……"

她把下面的话咽回去了，脸上泛出两朵淡红色的云，妩媚无比。珠运怎么能丢下她而走掉呢？

"不论你舅舅怎么说，俗话说得好：骑虎难下，我总不能吮着指头打退堂鼓啊。就连京阪一带的窝囊废②轻易都干不出这样的事。尤其是我刚才也说过，我从心底相信你是个善女③，被你深深感动。匹夫不可夺其志，我是决不能坐视你的困境的。

"你虽然不肯说，但前前后后一琢磨，我也能了解个七八成。反正你就照我的话办吧。我是出于一番好意，依我的意

---

① 三户野和马笼都是木曾街道的驿站，前者在今长野县西筑摩郡南木曾町，后者在该郡山口村。
② 京阪指京都、大阪。这一带的男子性格柔弱，与勇敢的江户儿形成对比。
③ 指皈依佛法的女子。

思去做，你也不会失掉女子的体面。就这样办吧：龟屋的老板光从说话的口气就听得出是个耿直憨厚的人，你就寄居在他那里。恐怕需要点钱，我来想办法解决。我又不是你的亲戚，素不相识，你也许会认为用不着我多管闲事。我虽然没有妹妹，却把你当作自己的亲妹妹一样，疼爱得不得了。绝不能眼睁睁看着你陷入苦海。你不要挂在心上，就当我是想积点阴德才这么做的。喏，来吧。"

他说罢，拉住阿辰的手。要是甩掉他的手呢，就是今川派头[1]；要是回握呢，就是西洋派头。听说珠运事后对人说，阿辰两者都不是，所以他感到难能可贵，非常高兴，但那恐怕不是真的吧！

下　能以无畏施弱者[2]

"喂，吉兵卫，你用不着对我讲经说教。对不起，我七老爷蛮不讲理，这条命也豁出去了。从前还干过通奸、拐骗的勾当呢，现在老实多了。我不是卖这外甥女，只不过有人答应出

---

① 今川指《女今川》。是江户时代的人根据今川了俊（1324—1420）的著作所写的教育妇女浅显读物，宣传"男女七岁不同席"等封建道德。
② 此句引自《法华经》，改动两个字。原文是"能以无畏，施于众生"。意思是毫无畏惧地帮助弱者。

一百两，叫我和外甥女脱离关系。我也不知道他是认她作养女呢，还是娶去当小老婆。也不知道阿辰是不是有了情夫，反正她老气横秋地哭丧着一副脸说，不愿意到不知道底细的人家去。我看她要逃跑，所以去找买主的时候就把她捆了起来。珠运这小子跟她有什么关系，捣哪门子乱？"

龟屋老板说：

"七，七，住嘴！你什么也不明白，阿辰虽然是你的外甥女，但是她跟你可不一样，整个驿站，没人不夸她。大家都说阿辰正当妙龄，却连粉都不擦，逢年过节连石榴木屐也不添一双。只因为你是她舅舅，平素间你怎么不讲理，她也忍气吞声，真是难为了她。

"人们见了你们家的光景，没有不对你咬牙切齿，为阿辰掉眼泪的。就连那些给婆婆吃结了冰的饭的心肠冷酷的媳妇，听了阿辰的事迹都会忽然变得温柔和善，居然讨起老人家的欢心来，问婆婆：'夜长了，给您打碗蛋花汤来热乎热乎吧！'

"而你这个狼心狗肺的家伙，上次就打算把她卖给上田的人贩子。我不知道你要一百两银子干吗用，但你这家伙却认为那么善良的一个姑娘能卖钱，你也未免太卑鄙了。旅客珠运的仁慈，你哪怕能体谅一半，也不会这么说了，反而会感激涕零哩。"

七藏说道：

“喂，龟屋老板，你也许认为当年我和阿吉结婚是你做的媒，所以对我有恩。但不许家伙长家伙短的。七七①四十九，我绝不想到了六十岁还受你的照顾。阿辰是我的外甥女，不是你女儿，你就马上把她交出来吧。趁着七老爷还没发脾气，乖乖地把人交出来，对你有好处。也许你会说：‘我不过是受珠运这小子之托，替他说话就是了。我不是本人，不便做主。’那么我就见本人好了。”

这当儿，珠运走出来说：

“好，见就见吧。”

他仔细一端详，只见这是个高鼻梁、眼神凛然、宽下巴、脾气的确刁钻的坏蛋。七藏耸起肩膀，将膝盖往前凑了凑，说道：

“你就是叫作珠运的小子吗？瞧你长得挺文弱的，竟敢把阿辰拐跑了。年纪轻轻的，本事倒不小。可是小伙子啊，见了斗鸡，一般的鸡就得害怕。你若识相，就别说三道四，把尾巴耷拉下来，交出阿辰，投降吧。”

“你说得倒好，不许说三道四！我就简单地说两句：我不愿意你卖掉阿辰小姐，所以想跟你商量商量。”

“住嘴，不准你瞎说八道！”

---

① 旅店老板不加尊称，管七藏叫“七”，所以七藏表示不满。

老板插嘴道："喂，七，好好听我说，咱们想个办法，看能不能不把她卖掉。"

话音未落，七藏早已抡起拳头，骂道："你个狂妄的外乡佬！"

阿辰哎呀一声跑了出来。吉兵卫也和她一道解劝道：

"七藏，七藏，你可真是个糊涂虫，不一定非卖姑娘不可，总有个商量嘛。"

"哼，明摆着商量不出结果来。你要是肯出一百两，我就把她送给你。"

七藏说着，一把拽起阿辰，吉兵卫按住他的下摆说：

"喏，坐下来好好听我吉兵卫说。我不知道你是让她去当娼妓还是做小老婆，不过如今是禁止买卖人口的。"①

七藏气势汹汹地骂道：

"呸，你这个老朽，少啰唆点儿！不管怎么干，随我的便。尤其是我已经收下了二十两定钱，还花得一干二净。说什么也不能反悔了。你少管闲事，还是喝你的茶去吧。"

七藏恰似老鹰抓住了兔子，两眼露出凶光。龟屋老板哑口无言。珠运不胜懊恼。只见阿辰犹如风暴摧残下的牵牛花，生命像露水一般危在旦夕。她朝这边默默地深深鞠了一躬，跟着

---

① 这里指明治时代不同于幕府时期，已明文规定不许买卖人口。

舅舅走了两三步，又回眸一看，那情景多么可怜啊。

珠运向八幡① 大神发誓道：这是决不能容忍的。然后就叫住了七藏，漂漂亮亮地拍出一百两，老板和阿辰惊讶不已。珠运也不去管他们，只顾和七藏办理了万全的手续，让这个坏蛋和这位善女脱离了关系。真是可喜可贺的事。于是暂且让阿辰做了龟屋的养女。

---

① 通常是凭着弓矢向军神八幡大神发誓。

第六　如是缘[①]

上　雨露滋润一粒籽

人嘛，总是容易看到别人的缺点。自己纳妾不感到羞惭，而且还认为这种卑鄙行径无可厚非，儿子嫖妓就予以谴责。七藏的行径没有一个人不痛恨的，哪怕他喝盅酒，都有人议论：

"他在吸外甥女的血哩！"

就连这样一个歹徒也终于在本地混不下去了，他丢下破房，不辞而别。他买米买盐赊下的账给房东龟屋添了不少麻烦，因为还得一一替他分辩。

没料到，为了处理善后，珠运一下子待了七天多。彼此混熟了，越发觉得老板可靠，阿辰可爱，迦陵频伽[②] 的笑声是何

等和睦，地炉旁边不啻是极乐园①。珠运没有被当作客人，反而觉得自在。情投意合的几个人围桌而坐，虽然没有大头鱼，可那放了蚕豆酱的豆腐汤味道香甜无比。新沏的山茶也好喝。长夜漫漫，老板拿出自己收藏的栗子，供他们解闷。珠运剥给她吃，东西虽小，情谊却是深的。她一边高高兴兴地品尝，一边也剥给他吃，煞是有趣。说实在的，山村人情温暖，住久了绝不次于京师。

然而掐指一算，已过了好几天。想起奈良之行，觉得不能游手好闲地待下去。有一天，珠运打点好行装，催着老板结账，打算动身。

老板愣住了，说：

"这怎么行呢？还没举行婚礼呢。"

珠运问道：

"咦？谁的婚礼？"

"那还用说，阿辰呗！"

"跟谁？"

"别开玩笑啦，当然是跟你，还能跟谁呢？"

珠运听罢，一下子飞红了脸，激动得快嘴快舌地说道：

"老板，我倒要劝你不要开玩笑了，我可没答应娶她。"

---

① 即阿弥陀佛所在的极乐世界。

"唉，真不像话，你不懂人情世故，不像是京城的人。如今的年轻人怎么能这样子呢？你拍出一百两，堵住了七藏的嘴，办得多利落。这会子怎么变得这么孩子气。当然，不管是谁，一害臊就会支支吾吾的。但你用不着遮遮掩掩，我老爷子心里有数，就照你的心意去做，绝不会离谱儿，你就老老实实等着吧。"

老板好像胸有成竹。

珠运觉得莫名其妙，就说：

"喂喂，老板，你可别误会了。我虽然爱慕阿辰小姐，可压根儿没有想娶她做老婆的意思。我是因为不忍心，才把她从困境中解救出来的。在旅途中讨个老婆，太麻烦了。"

"哈哈哈哈，麻烦什么？阿辰长得那么俊，虽说没有学问，不会拉三弦弹古筝，却做得一手好针线，天生懂得妇道，性格温顺，管保会体贴丈夫。你竟然还嫌她给你添麻烦，打从两位神仙① 开国以来，还没听过这么荒唐的话呢。表面上你尽管这么说，骨子里，你的所作所为自有缘故。我活到这把岁数，哪能这一点都猜不出来。别看我还留着发髻②，脑筋却不古板。说实在的，我很佩服现在的年轻人会搞恋爱，你爱上阿辰，爱得

---

① 指伊奘诺尊（男神）和伊奘冉尊（女神）。据《古事记》和《日本书纪》的神话，日本各岛是这两位神仙生出来的。

② 明治四年（1871）规定男子可以剪掉发髻，但在 19 世纪 90 年代，地方上仍有不少像龟屋老板这样的老人。

好，阿辰爱你，也爱得好。我已和老婆子商量好，打算一准备停当，就叫你们结婚。

"喂，珠运哪，老人说的话就像牛屁股上的鞧一样，看上去不牢靠，其实牢靠得很哩。你娶了阿辰后，奈良也罢，京都也罢，带着她一道去吧。我从前年轻的时候，腰上插的短刀可精致了，老伴儿怀里揣着镜子，我们到六条的寺院去朝香①，还顺便到过义仲寺②，一辈子就奢侈过那么一次。再也没有比在旅途中那样觉得老婆可爱和有趣的了。直到现在我还梦见那时候的事呢。前些日子半夜里把做的梦讲给老婆听，老婆把假牙都笑掉啦。喏，珠运，哎呀，糟了，你又不是我孙子。"

老板说罢，泛出天真的笑容，用手摸摸秃脑袋瓜儿。

中　种子拱土抽双芽

——我平生不曾恋爱过。在势州四日市③见到的美人，在我脑际萦回了三天，但她额上有颗痣，我思忖：要是在那儿遮

---

① 指坐落在京都市下京区六条的东本愿寺和西本愿寺。
② 义仲寺是坐落在滋贺县大津寺的天台宗寺院。因有日本武将源义仲（1154—1184）的坟，故名。
③ 势州是伊势国的别称，今三重县。四日市是市镇名。

上白毫①就好了。在东京的天王寺②也见到过一个妖艳的女子，她一只手拿着菊花去上坟。我足足想念了她一个星期。我曾下功夫雕刻一尊持吉祥果的鬼子母神③，把她那手势再现出来。这次爱上阿辰，并不是为了练技艺，但也绝没有把她当作妻、妾或情妇的意思。要是硬找个理由呢，只是不知怎的爱上了她，就势给了一百两。老爷子不了解我这纯洁的心地，在那里卖乖，真是多此一举，太无聊了。我胸怀大志，要花毕生的精力雕刻一尊新颖的佛体，怎么能这会子就成亲呢？尤其是阿辰，倘若不是受舅舅的牵累，她本来是会被财主看中，享受荣华富贵的。不管别人怎么想，我自有主意。

珠运下了决心，就给阿辰留下一封信，说明他并不打算凭借着一点恩惠就娶她，他是完全没有那种卑鄙念头的。

于是，他黢出去动身了，沿着山路慢慢踱去。

倘若有谁毁谤珠运，说他是个怪物，是木头人，谁就是行尸走肉。

有人怀疑，释迦牟尼之所以丢下妻子④出家，是因为看到连耆婆⑤都推手不管的癫病患者在接吻时嘴唇一下子烂掉，从

---

① 白毫是长在佛的眉宇间的毛，据说能发光。佛像的额上用珠子来象征白毫。
② 天王寺指台东区的谷中天王寺。
③ 鬼子母神是佛教里的女神，左手抱着娃娃，右手持吉祥果。原来吃孩子，皈依后，变成给孩子治病的神。
④ 据说释迦牟尼二十九岁时丢下妃子耶输陀罗而出家。
⑤ 耆婆是古代印度王舍城的名医，后来皈依了释迦。

而感到厌恶的缘故。还有些人之所以喜欢西行，是因为他不攀权势，毅然丢掉银猫①，所以才夸他可敬，这恐怕也是因为不曾注意到他还有"雪天寒气仍袭人"②这么一句诗的缘故。人本来就是古怪的，双目失明后才能领悟过去瞻仰过的旭日有多么美，住在巴黎才能品出糠腌萝卜的滋味。

珠运是个水鸟不回头看痕迹③的人，走了一里④来路，蓦地想起伊人，走了约莫二里，听到喊"珠运老爷"的声音，想必是她了，回头一看，连个人影都没有。走了三里左右，好像有人喂的一声拽住了他的袖子，无疑是阿辰了，又一看，还是没有人。走了四里、五里、六里，走得越远越是迷恋。由于巴望看到阿辰的脸，就向后退了一步，思忖道，回去吧；转念一想，那怎么成，就又前进了一二百米。这时一个劲儿地想听阿辰的声音，就不由得掉转过身去，但一看到路旁的地藏菩萨石像，便念叨：

"奈良啊，奈良啊，我走错了路。"

接着又向前走了一百来米。

迎面来了一对夫妇，边走边聊着什么有趣的事儿。于是珠

---

① 西行（1118—1190），出身于豪门的日本歌人，后来出家，据说1186年源赖朝送给他一只银猫，他却把它给了孩子们，自己飘然而去。
② 引自西行的和歌："此身虽已遁空门，雪天寒气仍袭人。"
③ 这里作者把日本的一句成语稍微改了。原来是：水鸟不留污迹，意思是叫人作好善后。
④ 这里的"里"为日里，一日里约等于3.9公里。

运又想找阿辰谈谈天，于是违背自己的意愿折回六尺来路。发觉自己太愚蠢，又朝前走了五十来米，可是不知不觉又折回两丈路。走十步退四步，最后竟走半步退半步，可笑透顶。他自己也闹不清是怎么回事了，就在一家卖栗子蒸糯米饭的店铺里，坐在折叠凳上左思右想。但是不论山中还是他的心里，究竟有没有寻木①就很难说了，这里恐怕只有仰赖言文一致的小说家的笔力了。

下 嫩木三寸，毁于蝼蚁

世上倘若没有疾病的话，男人的心肠恐怕就不会变软。有这么一位当代才子：留着八字胡，高傲的鼻子上神气活现地戴着夹鼻眼镜，到处宣传做父母的干涉子女的事会造成多么大的弊病，谁要是有异议，他就封住谁的嘴。有一天，他喝了粗制滥造的白兰地，患了肠炎，正吃不消的时候，母亲想起了一个老办法，替他沏了一碗山慈菇淀粉羹，只是不知道合不合他的口味。

母亲说：

---

① 寻木是传说中的树，在信浓国园原。从远处可以瞥见像是一把笤帚般的树梢，但走过去就无影无踪了。

"你吃下试试吧。"

他因闹肚子搞得精疲力竭，喝下去才知道母亲多么爱他，于是感谢母亲的照料，从此，哪怕吃三毛钱一份的廉价西餐，也一定把洋点心揣在兜里，给母亲捎回去。

有人说，凡事都由上天安排得妥妥帖帖，千万不要表示不满。这话很有道理。

珠运在马笼受了寒，发起烧来。旅途中生病，甚觉不安，足足受了两天罪。这当儿，吉兵卫和阿辰找到了他，经过多方精心护理，病情稍微减轻后，就雇上一辆轿子，把他平平安安地送回龟屋。美人通宵达旦地护理他。虽然是庸医开的药方，只因为是比琉璃光药师[1]还尊贵的善女亲手端着碗喂他，又怎么能不灵呢。

珠运的病快痊愈了，这才听说，为了祈求他早日康复，阿辰曾向众神许愿，戒这样戒那样[2]。于是他高兴得几乎流下泪来。病了一个多月才起床，大家为他祝贺了一番。他身体尽管还衰弱，却鼓起勇气拉住阿辰的手走进一间屋子。两个人谈了良久，出来的时候姑娘的耳根都红了。第二天，男的郑重其事地求老板给做媒。吉兵卫笑道：

"我那句关于牛髀和老人的话，说中了吧？"又喜笑颜开

---

① 指药师如来，系祛除病苦，保佑人长寿的佛。
② 通常是戒茶戒盐。

地说，"本来就已经准备得差不多了。好事不宜耽搁，今天晚上就举行婚礼吧。由于巧妙的缘分，让阿辰作为我的养女出嫁，我也算是行了善事。"

他立即吩咐婢仆取出食案、碗和长把酒壶。还骂侄子道："怎么，你连个喜蝴蝶都不会折呀！"

他这样闹腾，正说明了乡下人的纯朴气质。

就在这当儿，来了一个男子，递给老板一封信，请他转交阿辰小姐。阿辰看罢，旋即慌慌张张跟着那人走了。说是一会儿就回来，但是从此不见踪影。到了傍晚，该举行婚礼了，吉兵卫急得到处跑来跑去，打听她的下落。据说是跟在一家客栈下榻的年轻人一道走了。

至此，牛辔终于脱落了，弄得老板连吭都吭不出一声了。他寻思：

——怎么向珠运解释呢？然而阿辰也绝不会行为不端的。

他正左思右想，不知如何是好，先前那个人又来了，重新递给他一个包包。打开一看，里面是这样一封信：

龟屋吉兵卫老爷敬启：

虽未及晤面，敬悉阿辰小姐承蒙大人百般照顾，甚为感谢。惊闻大人为阿辰小姐主持婚姻，由于某种原因，我方碍难遵命。本想拜会大人，为过去的恩情当面致谢，并劝阻婚事，但情况十分紧急，而且阿辰小姐心里自有想法，鄙人也做不得主。此次给大人添了麻烦，甚为唐突不恭，经鄙人好言相劝，小姐已同意延期。近日当趋府拜访，将经过备细禀告。除了还上先前交给七藏的一百元，另奉上一百元，聊表谢意，请予笑纳为荷。

岩沼子爵家仆

田原荣作谨禀

末尾又补上一句：

珠运老爷跟前，请代为转告。

信里还附了二百元。

老板看了，说：

"呸，不过是一张纸①罢了。"

---

① 表示轻蔑意。明治维新后，已改用纸币，前面的二百两，其实也是二百元纸币。作品是用江户时代的旧文体写的，作者故意把元写成两，以烘托古老的气氛。

第七　如是报[①]

我飞至他化自在天宫[②]

"哦，是阿辰吗！"

有个人紧紧抱住了阿辰。一看，面目清秀，蓄着美髯，穿着体面。她思忖：

——咦，我好像在什么地方见过他哩。

阿辰把身子缩作一团，战战兢兢地仰望着那个人。这时那个人的热泪扑簌簌地落在她的脸上，渗透心田。姑娘恍然大悟道：

"五天前准备婚礼时，曾对镜化妆，我长得活脱儿像他，准是我爹了。"

阿辰于是扑到那个人的怀里。这种聪明伶俐劲儿，使子爵想起了室香的音容笑貌。

---

① 意思是这样的因果报应。
② 他化自在天宫是欲界六天里最高一级的第六天，在此可尽情享受。

子爵尽管性格坚强，这时脑际也不禁浮现出二十年前离别的情景。当时室香有气无力地向他告别，他本想回过头来再说上一句话，但硬是狠狠地咬住嘴唇，装出一副刚强的样子。本来用不着赶路，他却故意加快步伐。另一方面，心里暗暗抱怨后面没长眼睛。

　　他悲切地说道：

　　"女儿，原谅我吧。都怪我不好，让你受了那么多罪。以后再也不让你卖花，穿破烂，受风寒了。你对我的行径，一定感到纳闷，就听我细细讲吧。"

　　——说实在的，跟你妈妈分手后，起初的两三天非常想念她，因为紧张的心情松弛下来，在前线特别感到寂寥，半夜里独自望着月亮，悄悄落泪，窄窄的袖子都湿透了。

　　当大军出发，马蹄嗒嗒，冲破朝雾英勇前进时，我的心就像是被刀鞘的末端钩住了似的，仍怀恋不已，但当时忙得连写封信的空儿也没有。我并不是因为感情淡薄而渐渐疏远的，而是由于战斗激烈，攻入江户后，马不停蹄，势如破竹地挺进到奥州。闻惯了火药味，自然就忘掉了脂粉气味。每当被喇叭声从梦中惊醒，也顾不上回味一下妹子①那睡乱了头发的娇姿在

---

① 指室香。

眼前晃动就得出发，这些使我把恋爱和生命都抛在脑后了。由于不甘心打败仗，就督促自己，打了胜仗就越发鼓起劲头，黑天白日摩拳擦掌，绞尽脑汁，饿了恨不得吃敌人的肉，渴了恨不得喝敌人的血。我就像阿修罗①一般在修罗巷②横冲直撞，也就立下了一两次功。由于很受总督的信任，逐渐升了级，被提拔为一方的指挥官，责任也就越来越重了。

我拼死拼活地效力，运气真好，连颗子弹也没吃。及至全军凯旋，总督又对我说：

"你有才能有学问，前途是不可限量的。跟着某大使到外国去，好好调查一下某种制度，回国后，将予以重用。"

这下子虽违背了向室香许下的诺言，我却想：没关系，这正是实现青云志的好机会。我血气方刚，欢喜雀跃，从美国又转到欧洲，先后在海外逗留了七年之久。我常常思忖：

——啊，这会子她怎样了呢？生下的是男孩儿还是女孩儿？彼此还没见面呢。

我恨不得及早将孩子放在膝上，脸儿贴着脸儿，买下橡皮娃娃、气枪等各式各样稀奇的玩具，捎回家去，看到孩子高兴的神态。于是常常从高楼的第三四层遥望日本的方向。

---

① 是梵语，意思是魔神。
② 在这里，修罗巷是战场的意思。

有一位身份高贵的人，叫作岩沼卿①，因公在欧洲逗留。我虽不才，愿受到他的垂顾。他没有儿女，要我继承他的家业。我感谢他的好意，再三推辞，他却不答应，于是盛情难却，只得接受下来。我和他一道欢欢喜喜地回了国。

我不但被委任要职，连姓氏都继承下来，受到人们的尊重。但是我怎能忘记你妈妈室香的恩情呢？我命令仆人去一一调查，想不到浮生若梦。她未能分享我的幸福，早已成了彼岸②之人。我听了，心里好生难过。

回想当年，我穿的是垫了布③的窄袖和服，腰上插着大小两把刀，刀鞘的油漆都剥落了，一点儿都不像是一个有前途的人，但她却不嫌弃我。她丢掉了女人难以舍弃的虚荣，不顾人们的讥讽，冒着风险让被追捕的我藏在她那儿。她这深情厚谊，我就是转生七次也忘不了。

我打定主意去参加官军，把情况告诉她的时候，连我自己声音都发颤了。她因为舍不得我，热泪夺眶而下，可嘴里说的却句句都是明白事理的话。她硬做出一副笑脸说：

"这是您的夙愿，连我都感到高兴哩！"

也真难为她呀。男人的命随时都可能送掉，她却那么予以

---

① 卿指三品以上的公卿。

② 彼岸是佛语，指佛土。

③ 原文作色纸，是垫在穿旧了的衣服里面的布。

爱护，看到我的头发太乱了，就给我梳好。刮胡子也罢，剃脑门①也罢，她都不让别人插手。她绕到我身后，伤心得连扎发髻的力气也没有了，却咬紧牙关，忍住悲痛，替我用带子扎得体体面面的。岂但如此，还把插在自己头上的金簪也拔下来，带着热气儿就给卖掉，替我置办了随身用品。

我吃了好几年苦，一则是为国效忠，二则也是为了让我这宝贵的妻子满意，盼着跟她叙谈过去的忧愁。可怜她已死去了，尽管花园里一大片牡丹开得那么妍丽，如今孤身只影去欣赏，远不如当年我和她关在四铺半席的斗室里有意思。她用古流②手法典雅地在窄口花瓶里插上两三朵菊花，我夸她，她被夸，两个人脸上都泛着微笑。

荣华谁与共，我看破了红尘，就没有再续弦，只是多方设法打探孩子的下落。好不容易才找到一个老婆婆，说你妈妈曾把你寄养在她家。她仅仅说，风闻是到信浓一带去了。可是托有关人员去查，不知怎的查不出来。我又没有旁的孩子，越上年纪，越想孩子。单是信州一地，就派了三个仆人去找。田原千方百计找到了，正想从恶棍七藏手里把你领走，不知怎么一来，节外生枝，随后又听说一方面因你受到一个叫珠运的男人的救助欠了情，另一方面又受龟屋老板的压制，仓促间要

---

① 从前男子将前额至头顶上的头发剃光，后脑上梳发髻。剃光的部分叫月代。
② 古流是江户时代由今井一志轩宗普所创始的插花艺术的一派。

成婚。

田原回到京城一趟，刚好又到须原去了。他听了这个消息，周章狼狈，亏得他灵机一动，在信的末尾写下了我从前留给室香作纪念的和歌，因为他认为你多半是知道那首和歌的。他就以这为钓饵把你骗出来，也没好好解释一下就硬把你带到这里来了。你一定大吃一惊，但一点都用不着害怕。龟屋那方面，我还要派田原去处理善后。今后你就是岩沼子爵的体面姑娘了，慢慢让你学会礼节，钻研学问，然后招个乘龙快婿，要是抱了头生孙子，就是梦见了你妈妈，我也总算有个交代了。我现在就已经高兴得什么似的。

刚才我从门缝里偷偷看过你。你把头发一梳，换上了新衣服，一下子变得这么漂亮了。可是我这个做爸爸的，却一直让你穿布面棉袄，真是好惭愧啊。我已经叫人去喊卖梳妆用品的，一会儿就可能来。不论是梳子还是簪子，你喜欢什么就挑什么。衣服也尽着你爱穿的，到越后屋①去定做，你就随便使唤阿霜好了。她是你的侍女，用不着像刚才那样恭恭敬敬地向她行礼。以后我还带你去看看戏，逛逛名胜古迹。等你学会了京城的规矩，也带你去参加跳舞会和音乐会。

----

① 三越百货公司的前身，是当时最高级的绸缎庄。

念过书吗？是啊，连《消息往来》①和《庭训》②都学过了。哎呀，好极了，爸爸真高兴。学问方面，也给你请一位良师……

一腔慈爱，有说不完的话。这下子正像珠运所巴望的那样，女菩萨善有善报，交了好运。一切尽管是万事大吉，可这又是怎么搞的呢？

---

① 江户时代出版的书翰文文范。当时认为学会写信是女子应有的教养。
② 《庭训往来》的简称。是一年四季的书翰文文范集，据说作者是玄惠法师。

第八　如是力[①]

上　楞严咒文[②]在爱欲上不灵验

这简直像是老派作家笔下的故事了。吉兵卫听说拎着深底竹篓去买东西的阿辰原来是身份高贵的岩沼子爵的爱女，大吃一惊，说道：

"世上毕竟有神佛，因果报应太明显了。土壤肥沃，长出来的萝卜就大。行得正就有福气，她能过上美满的生活，是理所当然的！"

老板别提有多么感动和高兴了，对田原所提出的一切，二话不说就表示同意。唯独关于他劝婚一点，却只字不提，好像已忘得干干净净似的。但另一方面，他又想到珠运闷闷不乐，不问也能知道是有心事的。一切事情既已弄清，就把贫家女取

---

① 意思是这样的能力。
② 是《楞严经》中用以驱魔辟邪的四百二十七句神咒。

得小姐身份的一应手续都办好。然后把前些日子的一百两退还给对方，直率地说：

"我不明白这个世道的规矩，可是我最讨厌接受这种不称心的钱了。珠运老爷那一百两，我已如数还给他了。可是子爵连一句道谢的话也不肯对珠运说，却让我接受他的厚礼，这比用稀稀拉拉的牙齿来吃炒豆还使我为难。请你拿回去吧。"

田原说：

"不，您是误会了。您别那么固执，这是子爵的一点心意，请您务必收下。珠运老爷我还要当面致谢。他不在场，是不是已经动身了呢？"

"不，在后面的客室里呢。"

"那么，我去找他。"

田原提着皮包就要走。老板想领他去，他坚决制止道：

"用不着。"

于是田原说着："劳驾，有人吗？"他拉开纸隔扇，与珠运行了见面礼，然后把阿辰的简单身世和岩沼子爵的经历说了一遍，并对先前那件事隆重地表示谢意。接着就把子爵送的种种礼品、二百块钱、亲笔写的感谢信，以及阿辰的信一样样取出来，摆在那里，一味低头致谢。

珠运面上略有愠色，只收下了信，其他东西连碰都不碰，连上次的一百两都丢出来，皱着眉头说：

"带回去吧。这样处理，太没意思了。难道以为我是为了生意有所贪图才那样做的吗？真叫人笑破肚皮。我是由于爱阿辰而出了绵薄之力，绝不是为了岩沼小姐。

"我跟阿辰逐渐熟识以后，高高兴兴地和她坦诚相见，觉得彼此有缘分，能够相互帮助。我是个旅客，连行李多了都嫌麻烦，却打算娶她。可是就在举行婚礼的节骨眼儿上，你突然把她拐跑了，这种做法真是无情无义，仿佛是把人家的恋情化成一场梦，喂给獏①吃。我闹不清是怎么回事，怨气冲天，有两三天工夫，茫然自失。可是刚刚听你说，他们是父女关系，您作为仆人，认为这么个宝贝闺女嫁给了我这号身份低微的人可不得了，一着急，就把她带走了……您这样做也是情有可原，我绝不会非分地在岩沼子爵的小姐身上打主意。钱和东西请务必带回去。可是那位卖花女已和我海誓山盟，许下终身，只要她不变心，无论如何我也要娶她。即便御岳山的雪会在十二月里融化，我的相思之情也是消失不了的……唉，我想念的是卖花女，讨厌的是岩沼小姐。"

珠运就这样倾吐着心里话，最后都语无伦次了。

这正是关键时刻。田原是奉主子之命而来，即便珠运的恋情比诹访湖的冰还坚硬，他也得像和煦的春风一般把它说化

---

① 中国传说中的怪物，据说喜食噩梦。

了，使珠运那片痴情付诸流水，以免后患。

于是田原赔着笑脸，连连舔着上嘴唇，说道：

"您的话句句都极有道理。但是总不能把人分成两半，阿辰小姐也不可能重新变成卖花女，也就是说，你这些愿望都是不可能实现的。您也说，您讨厌的是岩沼小姐，所以总不至于硬想去做子爵的女婿。虽然已许下终身，但还没有举行婚礼。看来眼下阿辰小姐依然眷恋您，但老爷说，那是思想不成熟的少女的感情，想必会逐渐起变化的。将来打算物色一位门当户对的贵族公子做女婿。您是个聪明人，体谅到父母之心，就会认为这也是人之常情。

"我这话听上去似乎是要拆散您和阿辰小姐的关系，但您本来就是和卖花女定的亲，归根结底，这段因缘是不大可能如愿以偿的了。您是堂堂的男子汉，死掉这条心，对双方都有好处。但您是阿辰小姐的大恩人，子爵又怎么能等闲视之呢？他这个做父亲的送这些礼物是极其自然的事，您不肯收下，叫小人回去没法交代。请您赏个面子，务必笑纳吧。"

田原仗着一张油嘴这么说罢，就逃之夭夭，也不知道是否回东京去了，从此杳无音信。

——这就是浮世间的现状。连猛虎也会被树上的猴子所欺负，从而厌恨两者的地位太悬殊。倘若我有官爵头衔，田原就会诚惶诚恐地和我说话，把头叩得额上深深硌上铺席的痕迹。

子爵也得对我毕恭毕敬地寒暄，把我招做女婿，予以爱护。今天虽标榜四民平等①，还是有地下和云上②的差别，窝心透了。他们把我珠运看扁了，几百块钱也罢，几万块钱也罢，竟想用钞票封住我的嘴，这种做法令我愤恨万分。但对方是正四位③某某，难怪不愿意招佛像雕刻家做女婿，这也是无可奈何的事。

——佛像雕刻家的血统可以追溯到光孝天皇和是忠亲王④，到了定朝⑤这一代被授予纲位⑥，身份并不低。在西洋，把无声有色的诗叫作画⑦；把没有景而心灵凝聚的画叫作雕刻，我具有如此受人尊重的技能，从我的内心来说，我觉得绝不逊于米开朗琪罗。即便做小姐的丈夫，又有什么不般配？

虽这么说，而今在这里横眉立目也是徒然。他咬牙切齿，悔恨懊恼，但无处发泄，就越发愤懑不已，最后窝囊得命都不想要了，甚至半夜里气得变了脸色说：

"唉，干脆跳进木曾川⑧的激流里，下辈子生为一个压根儿

---

① 明治维新后，取消了幕府时代士、农、工、商的身份差别，规定人人平等。
② 即殿上，指官在四位以上，有资格上清凉殿的人。地下是官在五位以下，不允许上殿的人。这里是平民和华族的意思。华族原是明治二年（1869）给予旧公卿、大名的一种身份。明治十七年（1884）颁布华族令，把明治维新的功臣封为公、侯、伯、子、男等爵位，成为有特权的社会身份。战后废止。
③ 当时的明治宪法所制定的官位等级，从一位到八位，各位又分正从，共十六个等级。
④ 日本第五十八代天皇（830—870在位），是忠亲王是他的儿子。
⑤ 定朝是平安时代中期的佛像雕刻家，他是忠亲王的后裔。
⑥ 纲位指僧纲之位。僧官分为僧正、僧都、律师三级，后改为法印、法眼、法桥。
⑦ 指莱辛（1729—1781）在《拉奥孔》"论绘画与诗的界限"中所说的话。
⑧ 木曾川发源于长野县木曾山地的钵森山，注入伊势湾。

没见过阿辰的人，倒也罢了。"

下　眷恋情，化城喻品^①不入耳

　　珠运消瘦下去了。大病初愈又失恋，精神颓唐，净做噩梦：一会儿陷进深深的泥潭里，脚被绿藻缠住；一会儿又走在满是露水的青苔路上，山蛭^②冰凉地落到领子里。醒来后，心里好不自在，甚至怀疑近来连阳光都暗淡了。他抱怨连天地都对自己冷淡。他原是旅客，在这里一住就是三个月光景，却浑然不觉。不用说每天走上十里到奈良去了，连在房间里转一转的劲头也没有。白天常打盹儿，时而说几句荒唐的梦话。见了人绷着脸，一句玩笑也不开。

　　春天逐渐来到了，和风掠过碧空，树梢脱掉雪衣，家家户户的冰柱子不知何时已经消失了，斑斑驳驳的白雪融化了，水珠子沿着房檐不断地滴滴答答往下淌，朝南的茅草屋今年头一次露出去年的脸。连两眼昏花的老人也高兴地说：

　　"哎呀，好不容易熬出来了。"

---

① 　见《法华经》卷三《化城喻品》第七。这部经典根据"化城"的比喻进行说教，有一批人在导师引导下行路，导师在半路上幻化出一座城，供大家休息，然后鼓励大家到目的地。

② 　山蛭生活在潮湿处，雨天从树枝上跳到路人身上吸血。

又说:"水暖和了,树下的杂草萌了芽。老鹰还没出来吗?山鸡怎么样?"

性子真急,又抢先谈起小香鱼的消息来了。年轻人和小马驹儿一样,愈益精神抖擞,唯独珠运却忧悒得不像样子。

龟屋老板担心他会忽然露出一副狂态,兴冲冲地说出:"哎呀,你想看跳舞吗?如果你想看,就到木曾路去,那里可能热闹得发狂了。"接着老板又逗趣地对珠运说,"别哭了,别哭了。浮生犹如一辆车。你与其像一只轱辘陷进了水田的大板车似的一动也不动,垂头丧气,不如到外面去走走,说不定又会遇见什么女子呢。有这么一句老话:在固定的柳树下一般是钓不到鱼的①,却会意想不到地从蛤蜊汤里捡出一颗珍珠哩。喂,小伙子,器量要放大一点,恋爱的对象别处也有。"

秃顶的老板从脑浆里抽出天保年间②的"轻浮可嘉论",添上几句生了霉的俏皮话,屡次三番奉劝,珠运却一点也听不进去。不论老板说得多么可笑,反而像是越发促使珠运叹气了。

老板思忖道:这样下去可不行,于是露出本色,正经八百地摆大道理,苦口婆心地说服他。珠运平素是个温柔敦厚的人,真是奇怪,他不知怎的恼了,语气极其激烈地表演了一段

---

① 这是作者的杜撰。原来的谚语是:柳树下不一定常有泥鳅。喻不可守株待兔。
② 天保(1830—1844)是仁孝天皇的年号。

大萨摩道①：

"用不着你替我操心，多此一举，讨厌死了。"

老板吃了他的一顿顶撞，不再说了。可是他寻思：撂着不管呢，珠运必然会患上当代并不时兴的恋爱病，得想办法帮帮他才是。这可叫我为难了。要么趁着他还没裹上寿衣从我店里出殡，赶紧把他赶走算了。但又于心不忍。假若当初没劝他跟阿辰结婚倒也罢了，这又是从我嘴里说出来的，不由我出主意来了结，我吉兵卫算不得好汉。

老板不愧是个厚道人，就这样苦苦思索着。

上了岁数的人经验丰富，老板不愧为老兵，对敌情侦察得颇为准确。他领会到，珠运终究是因为无所事事才胡思乱想，自寻苦恼。于是有一天对珠运说：

"你是日本最有福气的男子了。听听我昨天做了什么梦。梦见一座宫殿，金晃晃的纸隔扇好体面。一位公主穿着鲜艳夺目的衣服，对着壁龛不知在做什么。她的两鬓和发际别提有多么可爱了。我恨不得从背后咬上一口，暗暗想着，自己要是再年轻二十岁，决不能放过这个尤物。而今虽然弯腰驼背，见了这样一个美人坯子，还是不免蹑手蹑脚凑过去，手扶廊沿，悄悄瞻仰她的侧脸。原来是阿辰，我吃了一惊。

·

————————————

① 大萨摩是净瑠璃的一种。在歌舞伎里，用于英勇雄壮的场面。

077

"她比当卖花女的时候越发出挑了一百倍。尤其是面带忧色，怪吓人的。我感到毛骨悚然，四下里细细打量了一遍。挂在壁龛上的，不是别人，正是你的肖像。我有点嫉妒了，就心生邪念。正在这当儿，从廊沿底下猛地钻出八百零八只狐狸①，跟踪着我，要咬我的脚后跟。我吓得撒腿就跑，也不知从后面给我扣上了诹访法性的甲胄②还是能装八升小米的纸袋，反正弄得我完全辨不清方向了，于是连连眨巴眼睛，这才知道是把脑袋伸到棉睡衣的袖子里去了。你是当代的胜赖公③，得请请客哩。哈哈哈哈。"

老板笑得前仰后合，随即溜出屋子去了。珠运一个人留在屋里，倍觉凄凉。刚才那番话，益发撩拨起他的恋情，寂然凭柱，浮想联翩，不禁合上双目。

这当儿，阿辰的身姿历历浮现。他喊声"等一等"，伸手去抓她的下摆，幻影却倏地消失在空中，剩下的只是一股怨气。他想到，事已至此，哪怕把阿辰的面影雕刻下来也是好的。他不曾意识到自己受了龟屋老板的暗示，却把这当作自己想出来的好主意一般和吉兵卫商量。吉兵卫说：

---

① 这是诹访明神手下的狐狸，典出近松半二等作木偶净琉璃《本朝二十四孝》（1766年首次公演）。

② 诹访法性的甲胄是武田家的家宝，据说是武田氏的氏神诹访明神授予的。八百零八只狐狸负责保护这顶盔，典出《本朝二十四孝》。

③ 日本武将武田胜赖（1546—1582），《本朝二十四孝》中有他和八重垣姬恋爱的场面。

"也难怪你会有这样的愿望。你要是想要清静的屋子，阿辰住过的那间不是比哪儿都好吗？只要铺上席子，把它当作坊住上一个来月，不会有什么不方便。

"咦，不许人过去聊天？这一点我也答应。那么，除了给你送饭，谁也不让上门好不好？不过，这样一来不是太像坐牢了吗？

"嗯，你要是认为这样好，我也就没办法了，但是隔些天给你送一趟报纸吧。啊？你说不要？这可不对头，精疲力竭的时候一定要读读世上有趣逗乐的消息才好。"

老板凡事都照顾得周周到到。看到珠运笑嘻嘻地搬进情人的旧居，自是感到心满意足。伤脑筋的是，没有刻全身像用的大块好木料，到处去找全扑了空，只好给了他一块又厚又大的扁柏旧木板。

第九　如是果①

上　刻好佛体，仍不安心

勇猛精进洁斋，南无归命顶礼②诚心诚意，绞尽脑汁，三拜一凿，九拜一刀，雕出一座木像。带世俗气味的和尚说：

"真是难得，它圆满地具备了三十二相③，本身就是一座佛体，定是神佛给的灵验。"

这是一种浅薄的见识。佛像雕刻师乃是受优钿大王④或面条⑤大王之托而为，生怕刻坏，他不顾额上淌汗，眼里飞进木屑，诚惶诚恐地雕下去。

有人评论道，和尚之所以不能恭恭敬敬专心致志地进入三

---

①　意思是这样的结果。

②　佛语，意思是虔诚地皈依佛，顶礼膜拜。

③　佛语，指佛陀生来不同凡俗，具有神异容貌，有三十二个显著特征。

④　优钿大王是古代的印度王，据说他是第一个让工匠雕刻佛像的人。

⑤　日语里，优钿读作 Wuden，与煴饨（Wudon）谐音。煴饨即面条。这是戏谑语。

昧乐趣，是因为他总嫌在主佛前朝朝暮暮读经太累，而陪着老婆天南海北地闲扯，直到深更半夜也不腻得慌的缘故。然而下这个评论的少爷，却认为浮生若梦，犹如肥皂泡，不及时行乐就亏了，于是让父母到庙里朝香。真是阎王不在小鬼翻天，他趁机从账房里抓出钱，在花街柳巷挥霍一空。

阿辰的像逐渐浮现在平坦的木板上了。压根儿就没有人定做，所以并不是为了讨工钱，只是眷恋之情太深而为。刻上一刀，闭上眼睛出会儿神。于是心目中就出现了那可爱的嘴唇，娇滴滴地劝他买腌花。

"哦，就是那个样子。"

他捕捉那个形象又是一刀。凿一下就向后退一步，审视一番，回忆着几天的恩爱之情。起初是他把阿辰从危难中解救出来，接着阿辰又来帮他。他发高烧，出了一身汗，她却不嫌脏，不嫌臭，用柔软的手照顾他。

他多么欣喜啊，而今她却像风前的云彩一般消失了。他一腔悲哀，徒然思念着京城的天空，心想：

——当初我将阿辰从困境中解救出来后，打算离开这个家，她却扯住我的袖子挽留了我。我要是坚决甩掉她的手，也不至于如此悲伤苦闷呀。

这是因为爱得太深而发的牢骚，抱怨自己不该恋慕。他方寸已乱，恍恍惚惚。此刻，阿辰又浮现了。眉宇间生机勃勃，妖艳无比，两眼脉脉含情，望着他递给她的梳子出神。多美呀，他又说声：

"啊，就是那个样子。"

于是临摹幻影又是一刀。

过了二十天，好不容易完成了一尊全身像。按照他最初的意图，既没有给雕像穿上卖花时那身褴褛，也没让她穿子爵小姐的锦衣，浑身披的是用梅桃樱菊等缀成的花衣。在情人眼里，那不啻是观音的化身，他也用不着对什么人顾忌，还在雕像背后加上了圆光。刻得真出色，活脱脱像是一尊仙女。

珠运感到很满意，就朝着雕像心荡神移地望了一整天。当天晚上梦见了阿辰，他比平素间快乐多了，就把缠绵的情话统统说了出来：

"我珠运本来不懂恋爱，你却把我引入烦恼的深渊，多么可恨呢！"

阿辰回答道：

"被疼爱而感到高兴，这是肤浅的爱情。我生死相随、绝不会见异思迁的爱情，才是真挚的，让你觉得可恨到窝心的程度。"

"哦，这可叫我为难了。我是要疼你一辈子的呀。"

"哎呀，瞎说。你前言不搭后语，没有比你再能说的了。"

阿辰说罢，娇纵地瞪着他，稍微抬起纤细的手腕假装要打他。

他紧紧攥住阿辰的手，学舌道：

"只有那种生死相随、不会见异思迁的爱情，才是真挚的，让你觉得可恨到想打我的程度。"

阿辰忍俊不禁，缩着身子小声说：

"请撒开手。"

"不撒开不行吗？"

"不行。"

"哎呀，真对不起。"

珠运撒开手，绷着脸生气。阿辰从一旁担忧地瞅着他。珠运被她瞅得忍不住了，就伸过巴掌去，硬是要遮住她的眼睛。

阿辰攥住他的手，用男人的腔调说：

"不撒开不行吗？"

两个人齐声笑起来，其乐融融。这时传来子爵喊女儿的苍老声音。醒来一看，一只乌鸦正从昨晚打开的窗外掠过去。

——真可恨，是它在叫。

珠运气得一回头，阿辰的雕像映入眼帘。比梦中的人儿差远了，身上的种种花也碍眼，他厌恶得几乎想骂上一句：

——这是哪里的蔓草花纹变成的妖怪呀！

他也拿不定主意该给她穿什么，就一边开动脑筋一边磨刀。

下　摒障邪念，自觉妙谛[①]

珠运把遮住雕像胳膊的花一朵两朵地往下削。将自己构思的装饰丢掉，还雕像以本来面目，显示出其纯洁的美，乃是很有意义的工作。本来就大可不必给她穿那件花衣，现在又把它扒下来，多么有趣。终于削到肩膀，削到脖颈。梅也罢，樱也罢，开得再灿烂，也不配得意扬扬地遮住此君的肉体美。他左砍一刀，右削一刀，把遮住那丰满可爱的奶头的菊花也匆匆地去掉了。并念叨着：连点香味也没有，还这么狂妄。

珠运这个人真可笑，明明是自己的手工，他却只当是阿辰的仇人干下的勾当，恨得要死。现在刻成的裸体像本来也是想象出来的，在他心目中却栩栩如生。不知怎的他越想越后悔，惭愧道：原先太愚蠢了，好比是往玉上涂了廉价颜料[②]。他就像是一个孩子在《圣经》上胡乱画下山水天狗[③]，到了星期日早晨又焦躁地用橡皮擦掉一样，狼狈不堪地拼命干，刀不离手，手不离刀，专心致志，在亮得像金刚石般的灯下，刀光闪闪烁

---

① 佛语，意思是自己领悟到佛的妙谛（真理）。

② 原文作泥绘具，掺白垩粉的油画颜料。

③ 天狗是住在深山老林中的一种想象中的怪物，脸红鼻高，神通广大，能自由飞翔。山水天狗是把山水两字组在一起画成的天狗肖像。

烁，削木之声，就像飞行在天空中的箭镞带起的风声一样。刻完后就退后一步，端详着雕得匀称与否，这时好比是琴断了弦，余音缭绕。雄赳赳气昂昂，几年来学成的本事，练就的手腕，经验充足，功夫到了家，而今沸腾在拳头上，将倦意忘得一干二净，头脑清晰，一心不乱，精进波罗密①。

粉身碎骨，额头冒出大汗珠，擦也不擦。全神贯注，绝不改变初衷，浮世噪声，充耳不闻，不顾饿渴，不顾身家性命。如此大勇大猛，无所畏惧，自然就能克服一切障碍。嘴里吐出热气吹掉碎屑，在一呼一吸中都倾注了真诚之心，目光炯炯，凝眸望去。

于是解脱了幻翳空华②，假相的花衣，深入无际，成就一切。出现了可贵的实相，庄严端丽、美妙的风流佛。珠运瞻仰着她，晃晃悠悠地后退几步，摔了个屁股蹲儿。他手拈掉在地下的花微笑③着。寸善尺魔的三界④犹如火中之宅，门外有人匆匆喊道：

"珠运老爷，珠运老爷。"

---

① 佛语，指菩萨为了进入涅槃之境而修行。
② 佛语，指妄想。
③ 意思是以心传心。当释迦向弟子解释禅理时，梵王献上金波罗花。释迦拈了一下花，弟子们不解其意，唯独迦叶会心，微笑了一下。
④ 佛语，指好事不多，坏事频频发生的世界。三界是欲界、色界、无色界，即生死轮回的世界。

第十　如是本末究竟等^①

上　迷迷迷，迷唯识^②所变现，故谓凡

原来是婢女来请他务必去一趟。这间破屋子，没有什么怕人偷的东西，所以珠运抬起脚就到龟屋去了。吉兵卫正望眼欲穿地等着他呢，寒暄毕，将他领到屋里，说道——

喏，珠运老爷，你已经逗留不少日子了。那么深的雪，也快化光了。近来天朗气清，行路也不至于太受罪了。你是为了修业而周游列国的人，这么好的季节关在屋里就亏了。这一切你大概也不是不知道，可你犯了年轻人的通病，对阿辰迷恋不舍，被撇下后，不但毫无怨言，还雕起她的木像来了。这就跟

_____

① 佛语，意思是从本（始）相到末尾，报应都是平等的。
② 佛语，唯识所变现意谓世界一切现象都是内心所变现，心外无独立的客观存在。

087

痴情而不谙世事的中国皇帝烧返魂香[1]一样愚蠢。

我是替你着想，才这样数落你的。说实在的，我是希望你想通了，只当根本没见过阿辰，重新去修业，成为技艺高超的名人，让我这个跟你偶然结识的老头儿也能听到你的好名声。

我倒不是打算赶你走，但昨天隔着窗户瞥了一眼，那雕像似乎已经出色地完成了。你再在此地继续待下去也没有好处。我越讨厌阿辰就越心疼你，为你的前途着想，昨天晚上我费尽心思认认真真考虑过了。这档子无谓的恋爱，你就用工具刀斩掉算了。不要误入歧途；奈良也罢，西洋也罢，走上一趟。

劝你举行婚礼，是我这老头儿一辈子犯下的最大的过错，此外我不记得还做过什么坏事情。可是我生怕这会构成一项罪过，被写在地狱的铁牌[2]上，今天早晨给佛爷献茶的时候我还忏悔了一番呢。原来是我劝你的，现在我又叫你死了这条心，这就好比是把粘竿[3]递到你手里，却禁止你杀生，确实难以说出口，请你多多包涵。在向你道歉的同时，我坦率地奉劝你死了这条心，别再想念阿辰了。这次可没有劝错。

然而人是活的，不能硬是推行铁板一块的办法，毕竟有人情这么个复杂的玩意儿。到离得不远的庙里去朝香，在祖先的

---

① 指汉武帝。据说他由于怀念已故的李夫人，叫方士制造了返魂香，一焚，李夫人就显灵。

② 佛教徒相信，死后上极乐世界者名字写在金牌上，下地狱者名字写在铁牌上。

③ 一端涂上胶、用以粘鸟的竹竿。

坟头供上一把芒草，原是轻而易举的事，却宁可费点事给孙女买件友禅^①穿，心里还觉得后者更省心，你说奇怪不奇怪。

如果拨拉一下算盘来算算利害，一进二一添作五，毫无疑问，珠运必须动身才有利。但要是放在人情的天平上来称的话，根据灵魂的砝码情况，也可能得出三五一十八^②的数目。世上有不少男人，把让妓女伺候着喝一盅酒看得比钱箱还重，一味贪婪女色，以致倾家荡产。你——不，您这么迷恋阿辰，也是人之常情。不过，为了使您能有所醒悟，我想把根据我的年高阅历深的眼力仔细观察到的一些浑人的恋爱真相告诉你，好使你不再苦苦恋慕阿辰。

我首先查了一下，究竟爱的是什么，恋慕的是准？真是可笑，依我看，男人迷恋的不是女人，把女人弄得神魂颠倒的也不是男人。大家爱上的恐怕都是自己制造的幻影。一般说来，人开始恋爱的时候，先闻到一股梅花香，回头一看，是个柳腰玉颜的女子。不论是西行还是凡夫俗子，都感叹道：

"好个美人儿！"

痴情的呢，就把女子的形影印在眼睛里，再也不能忘怀。以后有了因缘，又相会两三次，女子向他打了招呼，于是幻影越来越清晰，为了讨他的欢心而说的话，在他那恋恋不舍的耳

---

① 友禅染的简称。染有花鸟等绚烂花纹的和服。
② 三五应该得十五，这里是指不能按常规行事。

朵里萦回。两个人的交情更深了，彼此开开玩笑，相互照顾。男的呢，幽会时给女的带去一本《新著百种》①作为礼物，女的呢，说着："夏天的夕阳真可恨，太毒了。热坏了吧?"

用岐阜团扇替他扇风，并把在冰水里浸过的手巾拧干了递给他。

随着女子请他吃的瓜的甜味，感激高兴之情浸透了男子的胃腑。哎呀，不得了，幻影一下子有了魂儿，活动开了。外貌具备一百三十二相②，声音比吃过美音片的黄莺还要动听。只因为她情意绵绵，竭尽狂爱，他便再也忍耐不住，不管三七二十一，即使和自己的亲爹断绝关系，也要把她娶到手，否则绝不罢休。

等到幸福地举行了婚礼，发现她并没有自己幻想的那样完美。秃鬓角，乳房下出现了一颗像烤焦了的白薯般的痣；而且还跟收废纸的耍贫嘴，结果连她那动人心弦的声音也不爱听了。玩花牌上了当输了也满不在乎，如此大手大脚，反令他烦恼。这才懊悔为什么娶了这么个娘儿们，但木已成舟，悔恨也来不及了。

说实在的，正如一尺长的尺子照出两尺长的影子，自己

———————————

① 《新著百种》是 1889 年 4 月至 1891 年 8 月间由吉冈书店发行的小说丛书。幸田露伴这篇《风流佛》被列为丛书中的第五部。
② 释迦牟尼有三十二相，这里是夸张的说法。

这只心灯把长得平平凡凡的女人的影子照成天仙，原来的恋情才会变成仇恨。阿辰这丫头又何尝不是这样。你只不过是在恋慕自己心里制造出来的幻影而已。你在阿辰的雕像后面加上了圆光，不知你是不是要把她当作可敬的女菩萨来信仰。但幻影就是幻影，阿辰这丫头才不是那么高贵姣好的姑娘呢。我这个老头儿今天才领悟到这一点，觉得她真可恨啊。不要执迷不悟了，瞧瞧这张报纸吧。

老头儿的语气起初客客气气，后来越来越粗暴了。珠运被尽情地数落了一顿，思忖道：

——自作聪明的老家伙，卖弄什么恋爱经验谈，丫头长丫头短地喊我心爱的妻子阿辰，滑稽透顶！

他怒视着老板，不理这个碴儿，只问老板昨天拜托的胡粉① 做好了没有。于是把胡粉和刷子夺也似的接过来，将报纸揣到怀里。老板留也留不住，他腾地一下站起来，大步踏过铺席，跑回到住惯了的破房里。他一看到那座恬静的悠然而立的风流佛，怒气就消了。于是赶紧给她涂上一层浓淡适中的颜色，倚柱盘腿而坐，欣赏半晌。真是愚蠢啊。他把吉兵卫方才那句话挂在心上，就打开了报纸，漫不经心地读着标有《岩沼小姐和业平侯爵》这么个题目的一段消息：

---

① 一种白色颜料，将牡蛎壳的表层去掉，放在石臼里，捣成细粉。

当代佳人岩沼小姐乃是一颗藏在深山中的美玉。自从入了首都的大门，名声大震，使三千佳丽①失颜色。多少公子豪商，为之昏头昏脑，争相讨其一颦一笑。据说素有业平②再世的雅号的某侯爵，终于经子爵批准，近日与之结婚云。众所周知，侯爵聪明机智，举止娴雅，是个不辜负今世业平之称的美男子。小姐艳福不浅，侯爵艳福亦深。艳福万岁，不胜羡慕。

珠运忽然涨红了脸，一眨眼的工夫又唰地变得苍白。他将报纸撕碎，不知丢到哪儿去了。

下　恋恋恋，恋如金刚不坏③始为圣

这年月人心都坏了，大家扯惯了谎，老实人给当成傻瓜，说真话的被看作蠢材。有一本书上写着：古人云，男女之间只要说过一句定情的话，本来应一辈子不变心，但狡猾的人，却

---

① 酷似玉的石头。作者写到这里时，可能联想到了白居易的《长恨歌》中"后宫佳丽三千人"和"六宫粉黛无颜色"等句。
② 在原业平（825—880），平安时代初期的和歌诗人，著名的美男子。
③ 指像金刚石那样坚固。

热衷于向神佛发誓，在缺乏诚意的毛笔上饱蘸情意淡薄的墨汁，写出华而不实的字句，用心实在可叹。倘若是在牛王[①]上写下血书，在神前起誓，尚情有可原，但近来人们却嘲弄熊野牛王，不怕天罚，把金银当作命根子。而今，男方给予女方一份正式的证书，写着：

兹借用金一千两，空口无凭，立此为证。

一旦变心，持此据，必如数偿付。

就这样凭着肮脏的金币[②]来保证绝不爽约。但字是用墨鱼的墨写的，印泥是乌龟的尿做成[③]，巧耍花招，终于作废。而今，女人赶快把男人的公债券改到自己的名下，男人则把女人的父母当作人质来驱使。

师父曾奉劝珠运当心受骗，因为如今这个世道，找丈夫最好找个理学士或文学士，因为他们最吃得开。找妻子最好找个音乐家、画家、产婆才上算；不然就找个会摘美人局[④]，擅长在地板间摸包[⑤]，而且精通英、法文的交际花，假意和华族少爷订

[①] 即纪伊国（今和歌山县）熊野三社所印制的牛王宝印护符的简称。誓文写在护符反面，人们相信如果违背誓言就会遭神罚，吐血而死。

[②] 幕府时代使用的椭圆形薄金币。

[③] 据说如果使用墨鱼的墨和乌龟尿，日子一久字迹就消失了。

[④] 指老婆在丈夫默许下和其他男人勾搭，然后由丈夫出面向那人敲诈金钱。

[⑤] 指在澡堂或温泉等的脱衣处摸包的贼。

婚，不出一天就弄到五六只金戒指，这已相习成风。当初他听了，曾冷笑，觉得师父的话说得太损；而今才发觉自己过于憨厚，愚蠢透了。首先把阿辰看作女菩萨就错了，她用花言巧语来掩饰精神的堕落，恰似为了掩饰锉口而在刀刃上刻血道。田原捎来的那封信上写着：

　　　妾无时无刻不想念您，并为您向神祈愿。不久即
禀告父亲大人，俾能朝夕与您相处。

使我空欢喜一场，真是可恨啊！

他目眦尽裂，有气无力地倚柱而坐。少顷，微微抬起低着的头，只见那座雕像对尘世间的纠纷浑然不觉，就像浩瀚空中一轮皎洁的明月，悠然伫立在那里。多么高贵啊！他旋即觉得自己疑神疑鬼真是可耻，就舒了口气，说道——

哎呀，是我错了。阿辰长得这么美丽，怎么会产生卑鄙的念头呢？那天我和她在龟屋的里间老老实实地商谈终身大事，海誓山盟，说即使马上就有一颗雷从天上掉下来，也拆散不了我们两个人的关系。

不管子爵多么威风，替她另外招赘，但我和阿辰已经彼此以身相许，阿辰又不能分身，怎么可能嫁给侯爵呢？

何况当时她还趴在我身上，将那光艳的刘海儿毫不惋惜地

按在我的膝上，激动而撒娇地哭道：

"承蒙你爱上我这么个愚钝的人，对我表示一片深情，真是不敢当。只恨我嘴笨，不知道该怎样表达感激喜悦之情。

"你在那把不像样子的梳子上刻上种种花儿，那天早晨送给了我，这是我永远不会忘记的。打那以后，我就觉得你人品高尚，开始恋慕你了。梅樱发散着你那把小刀的幽香，我把梳子当成宝贝一样，小心着连片花瓣也不让掉下。既然是你赠送的，我白天就当作玉冠插在头上，一举一动都注意着，生怕梳子落下来。晚上收藏在针线盒最下边，放在枕旁，看上好几次，好不容易才睡着。我也闹不清为什么会这样子。

"尤其是那一天舅舅蛮不讲理，满嘴都是万不应该的恶言恶语。没料到由于我的缘故，使你听到了那些讨厌的话。一句句地刺痛了我的心，我竭力忍着怒气，打量着你的脸。你却轻松愉快，不但不予责备，反而坦然自若，一点也不介意。我是个不成器的人，你对我恩重如山，哪怕叫我揉肩搓脚，使唤使唤也是好的，你却反而和和气气地对我说话。当清晨我把一盆洗脸用的温水替你端到廊沿上，并将用柳枝①撕成的牙刷和一小碟盐一道用漆盘托着给你送去时，对这点小事，你都心痛地说：'正因为我有早起的习惯，害得你也跟着一大早就起来了。

①　当时的牙刷是将柳枝的一端劈碎做成的，隔些日子就把刷软了的部分撕掉。

晨风料峭，无情地撕扯你的袖子，叫我多么不忍心啊。'

"人生五十年，委身于你，确实丝毫也不觉得可惜。我愿诚心诚意，搜尽枯肠，以图报答厚恩。恋慕之情越发深了，似乎又多出了一颗心。过去不修边幅，不知从什么时候起，开始注意打扮了。对镜小声问自己：把头发梳成什么式样，才会承蒙夸奖呢？

"一天晚上，洗完澡，羞答答地悄悄化了妆，提心吊胆地进了客房。你的半边脸上泛着微笑，眼睛好像脉脉含情，弄得我暗自昏了头脑。我并不是单纯地修饰外表，内心里是巴望你肯屈尊，疼爱我。吉兵卫可能觉察出我偶然偷听到你们两人在争论结不结婚的问题。这弄得我神魂不定，脚下无力，赶紧跑掉，做梦般地进了一个人也没有的柴棚。我热泪滚滚，悲哀地自言自语道：'吉兵卫老爷爷是替我着想，但这个媒他做得太冒失了。只要能一辈子待在珠运老爷身边，哪怕是打打杂，我也心满意足。老爷爷真是多管闲事，倘若珠运老爷误以为是我叫老爷爷去说的，因而瞧不起我，那就无可挽救了。阿辰这辈子将如何是了呢？'我又哭着说，'珠运老爷也够呛，话说得太冷淡了。在他心里，阿辰也许不过是一只被孩子逮住的小麻雀，他给放跑了就是了。'

"那以后，你从龟屋不辞而别，我感到仿佛是花一千天工夫割下的草，一天就被烧光了，哀叹道：'这辈子就只好进尼姑

庵了。'

"我一听说你在马笼生了病，就吃惊地哎呀一声，同时又喜滋滋地盼着能看护你。我也没白照拂一场，今天你终于能起床了。固然可喜可贺，可是刚才在厨房闷闷不乐地想着：这下子他又该远走高飞了。

"老板娘对我说：'你要是想和珠运龙爷结上缘分，就暗中拔下他一根头发，和你的头发紧紧地系在一起，一边念叨：急急如律令①，一边丢进溪流就好了。'我明知可恶的老太婆是捉弄我呢，只因为渴望把你留住，就觉得她教了我个好办法，甚至想去念念这个愚蠢的咒。小心坎儿乱如麻，懊恼道：是因为自己太无能了，还是因为过于浅薄，才遭到遗弃呢？

"我深深感谢你方才这番话，神明在上，阿辰跟你白头偕老。"

——当时，她的热泪浸透了我的衣服。怎么能是一片谎言呢？报纸才不可靠啊。我实在是可耻，相信了报纸上的消息，却怀疑起真诚的妻子来了。

珠运虽这么思忖着，然而又觉得报上不大可能刊载捕风捉影的事。这位业平侯爷，看来是个地位高贵、仪表非凡、才华

---

① 这是原来流传于中国民间的迷信，据说起源于道教。

横溢的人。哎呀，真是令人嫉恨，我既无地位，外貌又不扬，而且是个蠢材，哪里比得过他呢？正像子爵所说的，思想不成熟的少女的感情，在京城轻薄风气的熏染下，准是变了心，他简直不知道怎么办才好，一味地意气消沉，后来终于憋不住了，厉声喊道：

"我现在才知道，你这个女人水性杨花，把我丢了，为了你个人的荣华富贵，选中了侯爵！"

"你这是说到哪里去了，我阿辰……"

珠运吃了一惊，回头一看，太阳已开始西斜，外面明亮的天空上布满火烧云，屋里静悄悄的，唯有那座雕像孤零零地立着。可恨！原来是自己的方寸已乱，七上八下，以为听到了阿辰的声音。吉兵卫的话句句都说中了。真窝囊，被莫须有的幻影捉弄着，愚蠢到产生了幻听的现象。阿辰这丫头，你竟把我蛊惑到这般田地。我不知道你是顺着尘世的潮流漂去的浮萍一般没有准性情的女人。我误以为你是天上的菩萨，甚至给你加上了圆光，你哪里配呢？好窝心啊。不论是哪里的业平，还是癞病鬼，你就尽管嫁吧，去纵情寻欢作乐吧！

"你这话说得太过分啦，你自己才没有准性情呢。"

——咦？奇怪，确实听见了她的声音。难道我还在做无明①

---

① 佛语，泛指愚昧，特指不懂佛教道理的世俗认识。

的梦，没有醒过来吗？

　　揉眼一看，雕像悄然而立。仔细一听，随风飘来了数数歌①的声音。也许他所熟悉的枞树荫下聚集了一群孩子，在拍皮球——

　　　　拍呀递，接呀接。

　　　　一岁叼哑哑儿，两岁断了奶。

　　　　三岁不跟爹妈睡，四岁就捻线。

　　　　五岁会纺线，六岁学织布。

　　不谙人间辛苦的孩子们高声唱着，一张张天真烂漫的嘴悠悠扬扬打着拍子。歌是人作的，声音却不啻是天籁，音色极美。唯一的欲望是一连拍上一百下，把球递给下一个人，只有没拍好时才会感到遗憾。珠运多么羡慕这愉快的世界②啊，在这里，罪恶和报应被忘得干干净净，恋爱和无常③完全不沾边儿。

　　唉，稚气是无比宝贵的。从前我像是一根纯洁的白线，没

————————————

① 这是流行于木曾地方的拍球歌。
② 指童心的世界。
③ 指死亡。

100

料到，自从懂得了恋爱的快乐，旋即悱恻缠绵，湿苎麻线① 纠结在一起，解不开了。

珠运说声"这色②讨厌死了"，一闭上眼睛，阿辰的面影偏偏历历浮现。她热泪盈眶，看那神情，似乎想分辩什么，丝毫没有可恨的地方。她抱怨道：

"你自己才没有准性情呢。看了一张报纸，就气成这个样子，把过去的誓约当成一纸空文。"

她这话说得固然有道理，但自从到了子爵膝下，她仅仅写了田原捎来的那一封信。珠运则给她寄了好几封信，开头祝贺父女团圆，随后就诉被遗弃之苦。有几个段落讲出去都怪不好意思的，但是一提起笔，只觉得像是和阿辰本人咬耳朵似的，就情不自禁地写下了这样一些痴情的话：

> 孑然一身恨绵绵，独居夜半数钟声。
>
> 痛苦难耐竟入梦，恍惚相逢何欣欢。
>
> 鸡鸣打断梦中恋，依依情深甚遗憾。

写罢，言犹未尽，在又启中啰啰唆唆地把种种牢骚都写进

---

① 苎麻线是将苎麻茎浸湿后，用其纤维织成的线。这里的湿，原文作濡（nure），含有艳情之意。所以是一语双关，指珠运因迷恋上阿辰而不能自拔。

② 这里一语双关，既指苎麻的颜色，又指男女之情。

去了:

　　　　京城人士好色，恐怕好几个人已迷上了你。你长
　　得太美了，反倒成了我担忧的原因。我怕你把我也看
　　得和那些轻浮的人一样了。真令人窝心，实感懊恼。
　　我在神前苦苦哀求，但愿岁月过得飞快，当你的花颜
　　月貌起了变化时，方能证明我就是海枯石烂也不会
　　变心。

珠运自言自语道：

"我挑了个看来挺结实的信封，封得严严实实，翻来覆去
看了好几遍，端端正正地贴好邮票，方才投递。但是连一封告
诉我收到了的回信都没有，今天盼，明天盼，都扑了空。这种
做法，多不诚实啊。"

"这都是爹干下的事，目的是让我另择夫婿。"

珠运思忖：可恶的声音，这又是迷惑我，使我上当的幻听。

一抬头，只见风流佛露出一副大彻大悟的神情。从外面传
来了数数歌：

　　　　清清河水旁，三棵柳树长。
　　　　一只麻雀给老鹰抓了去，吱吱吱。

嘭嘭嘭，拍了一百下，过去了，过去了。①

此外就什么声音也没有了。

——肯定是幻影捣的鬼。唉，真可恨。我已经彻底想通了，打定主意摈弃一切烦恼和爱执②，但是依然有一分恋恋不舍之情，正因为爱这座雕像，才目不转睛地盯着她看。

此时此刻，云彩消失了，太阳已西沉，窗户朝东开的房间暗下来了，一切都笼罩在淡墨色中。朦胧的月夜下，唯独阿辰的白肌肤栩栩如生地浮现着，像是个活人一样，呼之欲出。尽管是他本人的手工，可是珠运一味沉溺在爱情中，屏住呼吸，浑身的汗毛都竖了起来。

他幡然醒悟，这才发觉，定睛看着他的木雕那眸子转了一下。珠运的脸色唰地变了，说：

"呸，我绝不迷恋你那种漂亮的脸蛋儿！哪怕你心里有一根针大小的可取之处，我就连命都舍得给你。但是你一点节操也没有，我还留恋你做什么！你那惨白的脖子，光是看看都会脏了我的眼睛。"

他说罢，猛地转过身去。忽然听到了嘤嘤的哭声：

---

① 数数歌的最后一段。
② 佛语，指沉湎于爱情。

103

"我被怀疑、被厌恶到这个地步，还有什么活头呢？我没什么可留恋的，索性死在老爷手里吧！"

说话的正是那座木像。

——哎呀，好奇怪。阿辰的像是我呕心沥血雕成的，难道我的魂魄附在雕像上了吗？即使我对她那执拗的感情移到她身上了，而今我珠运已打定主意抛掉恩爱，恢复未被迷了心窍的原初的样子。你这妖怪，胆敢捣乱吗？让你尝尝我雕刻师的厉害，恋爱也罢，依恋也罢，都给砍得七零八落。"

他直直地站着，右手高高抡起厚刃刀，看那气势，连铁都能劈碎。但雕像那么高雅，脸上洋溢着优美的表情，赤裸的身子柔软娇嫩，刀落处，恐怕会热血四溅，又怎么能残忍冷酷地狠狠砍下去呢？仇和恨都是火上之冰①，珠运情不自禁地失手把刀掉在地下。爱情不成功，恋情又斩不断，男子汉大丈夫不免失声痛哭，哭得背过气，扭动身子，咕咚地趴下去。

这时听到咯噔一声，不知是什么东西倒了。是从天而降，还是从地底下冒出来的呢？玉臂亲热地搂住珠运的脖子，云鬓芳香地摩挲着他的脸颊。他大吃一惊，赶快望了望，那正是和过去一模一样的阿辰。

---

① 指一会儿就消失的意思。

104

"阿辰吗！"

珠运也紧紧搂抱着她，吻她的前额。究竟是雕像会动了呢，还是阿辰来找他了呢？提这样的问题太蠢，而且也来不及述说了。

团圆诸法实相[1]

皈依佛[2]保佑，立即灵验

恋爱必然有感应，珠运的虔诚打动了佛心，珠运承蒙皈依佛来迎，被救走了。他和阿辰手携手，肩并肩，悠然腾云而去，留下一股白玫瑰的馨香。吉兵卫以及全村老少大喊"可喜可贺"，声如雷鸣，贯入七藏那对歪耳朵。他改邪归正，走出黑山的鬼窟[3]，毅然决然皈依了佛法，与田原一道成为左右两边的先驱。

珠运和阿辰背后是一片灿烂的圆光，驾白云而去。到处都有人看见了他们。据说一位绅士瞻仰到的阿辰，穿着长裙拖地的天鹅绒西式衣服，宝冠上插着鲜艳的鸵鸟羽毛。映在某贵

---

[1] 《法华经·方便品》里的话，意思是事物的本来面目。

[2] 皈依佛是本人所信仰的佛。

[3] 黑山在印度的雪山以南，颜色发黑。据说这里的岩窟里住着妨碍佛道的恶鬼，所以叫作鬼窟。

族眼帘里的阿辰，穿着挂白领的和服，扎着金光闪闪的织锦腰带。另一方面，农夫拜见到的阿辰却身穿破棉衣，脚上是稻草屐，腰插磨得亮亮的镰刀。小商人看到的阿辰穿的是阿波泡泡纱①做的单和服，扎着斜纹布②腰带，头插洋银簪子③。在寒风嗖嗖的北海道，渔夫们看到的阿辰穿着棉袍，上面沾满了发着奇妙的光的鲱鱼鳞；显现在怒涛滚滚的佐渡④的渔人眼前的阿辰，穿的是后面开了衩儿，弄不清是什么颜色的和服外褂。听说没过多久业平侯爵就结识了一位女子，她穿着小后跟儿的皮鞋，脚踩绚烂夺目的西装，头发上扎了个华丽的缎带。⑤

　　大家看到的千姿万态，都是珠运所刻的那尊风流佛的化身，毫无区别。她虽不见于《一切经》⑥，瞻仰者无不奉为一代护身佛像。信仰虔诚者，全家和睦，儿孙满堂，显然是得到了佛佑。据说有人即便稍微抱怨风流佛，只要像珠运那样把它当成火上之冰，那么风流佛也会以慈悲为怀，予以爱护，有求必应。然而倘若有人误入歧途，去接近摩门教⑦的木偶和土像，

---

① 阿波泡泡钞产于阿波国（今德岛县），大都带有条纹。
② 原文作"绵八反"，八反原是产于八丈岛的斜纹绸子，据说一反（即一匹）的值钱相当于八反黄绸，故名。绵八反是用同样的办法织成的棉布。
③ 洋银是镍、铜、锌的合金。
④ 佐渡也叫佐州，今属新潟县，是位于北陆地方以北，日本海中的一座岛屿。
⑤ 这是当时最时髦的西式装束。
⑥ 即《大藏经》，是关于佛教的经典的总称。
⑦ 1830年创立于美国的一个教派，主张一夫多妻制。

据说马上就遭到现当二世^①的报应，圆光化为火轮，把这一家人及其魂魄都焚作灰烬云。诚惶诚恐。

（1889 年 9 月）

---

① 佛语，指现世和来世。据说夫妻因缘，贯穿二世。

五重塔

一

　　一个三十岁左右的女人，略带寂寞的神情，孤单单一个人面对长火盆坐着，连说个话的人也没有。火盆造得挺结实，用的是纹理秀美的榉木，并且特地配有红梅镶沿。她那男人般的浓眉，不知是几时修的，剃痕①透青，看上去有如雨后山色，葱郁诱人。她高鼻梁，吊眼角儿，刚洗过的头发紧紧盘在一起，发根用纸条②一扎，插根簪子；丝毫也没打扮，一两绺光艳的乌黑头发，挂在那肤色微黑而俊俏的脸蛋上，即使不喜欢半老徐娘的人也不能不为她的风韵动情。那些多事的轻薄子弟常私下叽咕：

　　"这要是咱老婆，倒想做几件新衣裳给她穿穿哩。"

---

① 日本江户时代已婚妇女时兴剃眉，明治六年（1873年）以后这个习惯才逐渐废止。

② 日本江户时代的妇女将美浓纸撕成五六分宽的条子，用来扎头发。

她举止端庄稳重，不尚穿着，浑身没有一点脂粉气，只不过在花样选得很素雅的布面棉和服领子上缀一条丝绸衬领而已，披在上面的棉外衣不知是拿什么改的，倒是宽条纹丝料子，不过已经下过几次水了。

这时分，除了女佣在厨房洗碗碟的声响外，屋子里静悄悄的。看光景，再没有第三个人。妇人漫不经心地用舌头舔着牙签，一下子把它咬断，吐掉。接着她扒拉一下火盆里的灰，把炭火埋好，又从笸箩里取出一小块布，把比银子还亮的高脚火圈擦了擦，还揩了揩灰器①，连铜壶②盖都拭净；然后，将一只南部霰地③大铁壶端正地放在火盆上。

她右手拿着玳瑁烟管，钩过来一只漂亮的镶木烟盒——大概是什么人去参拜石尊④时，顺路游箱根带回来送给这位大嫂的。她安详地吸了一袋烟，慢吞吞地吐出缕缕烟雾，情不自禁地叹了口气，心想——

这件事多半还得交给我丈夫去办，只恨那个呆子成心跟他作对！我丈夫去年雇用他的那份恩情，他敢情忘了。听说他拼命巴结长老，不顾自己的身份，死乞白赖地央求长老把这份

① 木制火盆的一部分，内侧用薄铜板做成，用来接灰。
② 一种容器，埋在炭火盆里，借余热温水用。
③ 指盛冈地方，盛产铁壶，壶面上隆起一层雪珠般的斑点，叫作霰。
④ 指位于日本神奈川县大山的石尊大权现阿夫利神社，每年6月26日至7月17日，江户人到这里来祭祀雨神。

差事交给他。据清吉说，即便长老有意偏袒呆子，可是碍着施主和捐款人的情面，也难以把如此重要的一项工程委托给这么个无名小卒；所以准保会让我们来办的。就算派上呆子，一来他不胜任这活儿，再说他也支使不动任何人，明摆着非砸锅不可。我只盼丈夫早点儿笑呵呵地回转来，告诉我这项工程终于派给他了。丈夫对这个活儿兴趣很大，说这是份难得的差事，一心一意想承担下来。他什么也不贪图，只是巴不得让人家说："谷中感应寺①的五重塔是川越②的源太修建的。瞧，修得多么好啊，真叫人钦佩！"所以，这活儿要是给旁人抢了去，不晓得他该多么气恼，肯定会大发雷霆呢。这也难怪他，我实在没法儿开导他。唉，不管怎么说，只盼望他一切顺当，早点回来才好。

她这个做妻子的就是这么个脾气，嘴上虽不说，心坎儿上却只惦记着自家的男人——今天早晨，她把自己亲手缝制的和服外褂从背后给他披上，送他出了门。

正这么左思右想呢，清吉砰的一声拉开外面的粗格子门，问道：

"师娘，我师傅呢？啊，到感应寺去了？那就对不起，只好拜托师娘了。昨天不小心喝醉了酒……"

---

① 在东京下谷区谷中，1833 年改名天王寺。
② 日本埼玉县中部的城市。

115

接着他就不说下去了，只打着奇怪的手势。

阿吉皱起眉头，笑了笑说：

"真没办法，你也该收敛一点才好。"

说着站起身来，递给清吉点儿钱。

清吉接过去，走到门口，跟外面的人争执了好一阵子，最后走到阿吉跟前，用拳头按着脑门子，粗鲁地施个礼道：

"真对不起，谢谢您了。"

那副样子煞是可笑。

二

阿吉边说"另外没有火烤①，就靠这边坐吧"，边吃力地提起铁壶，和蔼可亲地替他倒上一碗樱汤②。她对清吉这个晚辈也照顾得很周到。她这种真心实意的接待，比千言万语还要使人感动，甚至连过分的要求也痛痛快快地满足了他，而且心中没有一点儿疙瘩，极其坦然地跟往常一样对待他，这倒使得清吉很觉过意不去。他战战兢兢地端着碗不敢喝，心里惴惴不安，接连鞠了两三个躬，忙不迭润了润紧张得干透了的舌头。

---

① 日本风俗，冬季用烧红的炭给来客另添一个火盆以取暖。
② 樱汤是用腌樱花沏成的饮料。

阿吉说：

"这会儿才回来，大概是对你太热情了吧。呵呵呵，清吉呀，逛嘛也是可以的，可是耽误了活计，让你妈着急，就不是个好汉了。这阵子，仲町①甲州屋老板公馆的活儿一干完，不是马上就派你到根岸②别墅的茶室去了吗？我那口子也挺爱寻欢作乐的，每回都领着你们闹，可是他最恨玩忽职守了。要是现在他看见了你的脸，准会青筋暴起，大动肝火，这你也不是不知道。如今虽然迟了些，你总还可以找个借口，就说是你妈的老毛病犯了什么的，还是赶紧到根岸去吧。五三师傅也是个明白人，即便被他识破了真相，看你不敢偷一天懒，也会在老爷跟前替你打圆场的。哦，还没吃早饭吧？阿三，给预备饭，什么菜都行。虽说红烧豆腐、砂锅蛤蜊办不到，新泡的咸菜和煮豆也行吧。赶快吃上两三碗，就跑去干活儿吧。呵呵呵，就算困点儿，想到昨天玩了一夜，也就挺得过去了。咬紧牙关，别惜力气。晚上我派阿松给你送饭去。"

这番用意周到的话好比是一剂良药，却又不苦口，老实人清吉听了，因自己行为不端而感到惭愧，浑身直冒汗。清吉说：

"大嫂，那么就打扰您了，我马上就干活儿去。"

---

① 在今东京都千代田区。
② 在今东京都台东区。

他边用攥在手里的毛巾揩拭额头，边走进厨房，一会儿工夫就把五六碗茶泡饭狼吞虎咽地装进肚子。他走出厨房，鞠了个大躬道："我走了，再见！"

他收起烟管，腰上扎着三尺带①，挂着壶屋纸②烟叶包，不愧是个江户儿③急性子，趿拉着草履就走出门去了。阿吉一直没吭声，这时突然叫住他，急急巴巴地问道：

"这两三天见到呆子那家伙了吗？"

清吉回过头来说：

"见到了，见到了。昨天在御殿坡④见到的，呆子像死鸡一样耷拉着脑袋走着，比平时还要呆。这回他跟咱师傅唱对台戏，真是癞蛤蟆想吃天鹅肉！师傅师娘虽不怕他闹，多少也有点着急吧？我恨透了他那张脸，就劈头盖脸朝他骂了声呆子！真不愧是个呆子，还不知道在骂他。于是我又喊了一声。第三次就凑到他跟前，大声嚷道：'嘿，呆子！呆子！'他这才吃了一惊，一双猫头鹰般的眼睛直勾勾地望着我，用还没睡醒的声音朝我打招呼说：'哦，是清吉——哥——呀！'我当面挖苦他：'喂，你可真出息了呀。是不是做梦爬到染坊的晒台上去了？

---

① 日本旧时工匠扎的一种三尺长的棉布腰带。
② 是日本伊势地方所产的油纸，传说是壶屋清兵卫于1785年制造的，故名。
③ 江户是东京旧称，江户儿指在江户生长的人，一向以性格直爽著称，1868年江户改称东京后，仍把在东京生长的人叫作江户儿。
④ 在今东京都文京区。

听说你想盖个老高老高的家伙，正在巴结着长老，你疯了还是怎的？'哈哈哈，师娘，缺心眼的人可真叫老实哩。您猜他是怎么回答的？他净打如意算盘，说什么：'我在煞费苦心地巴结长老，可对方是源太师傅，怎么巴结也巴结不上。要是师傅肯说声呆子，你试试看。把这活儿让给我干就好了。'哈哈哈，想起来真可笑，他说这话时，竟是一本正经，满面愁容。那副样子太滑稽了，倒弄得我气也消了，骂声浑蛋就同他分了手。"

阿吉问道：

"再没别的了吗？"

清吉说：

"没了。"

阿吉催他道：

"是吗，那么你就快去吧，时候可不早了。"

清吉告了辞，就去干活儿，阿吉兀自想着心事。

门外，天真烂漫的孩子们在转陀螺玩，七嘴八舌地喊着：

"死了一个！"

"死了两个！"

"活该！"

"报仇了！"

吵个不停。

这跟相互竞争的世道何其相似。

三

阿浪年约二十五六岁，长得五官虽还端正，但本来就营养不良，面容憔悴，肌肤粗糙，再加上浑身褴褛，披头散发，越发显得一副可怜相。

她想——

那些富贵人家，到了阴历十月换季时也完全不用着急，不是捻线绸，就是丝织品，喜欢穿什么就穿什么，哪里晓得穷人面临十冬腊月的苦楚。他们只顾张罗着开地炉①啦；办茶会②啦；为了及时应景，一定得要抓紧把茶室建成，将休息室③的房檐修好。半夜里凄风冷雨，要不是边抽烟边听雨点坠在窗上的声音，他们就觉得不够味儿，这份儿闲情逸致够阔气的了。在这寒风萧瑟，连钟声都仿佛冻僵了一般的严冬，他们倒过得十分惬意。

可那些木匠，在刨茶室的地板时，冻得手都冰凉了；盖房檐④时，被风刮得胸腹绞痛。他们到底是上辈子造下了什么孽，

① 日本有钱人家，在阴历十月初一或当月的亥日封上风炉，打开地炉。
② 日本习俗，阴历十月初，将为了防潮气而封上的茶壶嘴打开，泡上新茶叶，举行茶会。
③ 附属于茶室的屋子，客人在这里等候进入茶室。
④ 用编篱笆的方式来盖房檐。

同是冬天，别人养尊处优，他们却在这里熬苦日子。在匠人当中，我男人尤其不善于处世。他只是心眼儿好，手艺挺高。去年源太师傅百般照顾他的时候，甚至还夸过他哩。但他秉性宽厚，从来不跟人争活儿干，好差事每每被别人抢了去。一年到头过不上一天舒心的日子，他本人净穿膝盖都已磨出窟窿、好歹补起来的细筒裤，我这个做妻子的，真怕别人看着寒碜。这种种都怪家境贫寒，没有办法。

　　我现在给猪之缝的这件松坂条纹布面①棉袄，也已经洗褪了色，怎么精心缝也穿不出样儿来，针脚特别显眼，煞是难看。年幼无知的孩子刚才说："妈，这是谁的衣服呀？这么小，是我的吧？我好高兴呀！"他欢欢喜喜地跑出门去，遇上难得的暖和天气，乐滋滋地拿起小竹竿，去扑那在空中飞来飞去的红蜻蜓，也不知跑到哪条街上去了。

　　唉，一勾起心事，就连针线活也懒得去做了。我那口子的脑袋瓜儿哪怕能赶上他那手艺的一半，也不至于穷到这个份儿上！你本事再高，也不过像俗话说的"英雄无用武之地"罢了。成天干那敲敲打打、凿窟窿眼儿的木工活儿，也指望不上显显身手给大家伙儿瞧瞧。甚至还得了呆子这么个讨厌的外号，让伙伴们看不起。唉，着实又可恼又可恨。我暗地里替他着急，

－－－－－－－－－－

① 三重县松坂市所产的质地优良的条纹布。

他本人却满不在乎。可把我气坏了!

　　这次也不知是怎么回事,一听说要在感应寺盖一座五重塔,他就忽然起了个念头,非要把这档子活计捞到不可。这是他的恩人师傅想要干的活儿呀,他却不顾自己的身份,贪心不足想揽过来,连我这个做妻子的都觉得是太不自量了,别人又该怎么风言风语呢? 尤其是师傅,一定会气冲冲地大骂这个"可恶的呆子",阿吉师娘更要责备他忘恩负义。今天长老大概就拿定主意让他们俩当中的哪个干了。我那口子一早就出去了,到这时刻还不见回来。虽然他那么巴望着,可他那身份本来就不够,还欠了师傅的情;所以我倒认为长老还是把这档子事交给师傅去办更好。不过另一方面,我又觉得要是师傅宽宏大量,并不生气的话,就真想让我那口子漂漂亮亮地完成这个活儿。唉,究竟是怎么个结局呢? 真叫人着急。怎么也不会派给我那口子吧? 万一要是派给了我那口子,那师傅和阿吉师娘不知道该多么生气呢! 唉,急得我头都痛了。让我那口子知道了,又会委婉地数落我说:"你妇道人家多余操这份心,所以才把身子骨儿搞得这么弱。"

　　想到这里,阿浪自言自语地说:

　　"快别去想这些了,不去想了。唉哟,头好痛呀。"

　　那苍白的略带浅皮麻子的脸上,紧锁着双眉。她丢下针线活，双手按住贴着俏皮膏①的鬓角，正在独自哀叹的时候，通到厨房的破纸门哗啦一声拉开了，只听猪之嚷道：

"妈，你看！"

阿浪吃了一惊，说：

"你什么时候跑到这里来的？"

一看，猪之把四分和六分厚的木片堆积起来，显然是仿造出一座五重塔。

当妈的不禁淌下泪来，颤声道：

"哦，好乖乖！"

她突然把猪之紧紧地搂到怀里。

四

由当代著名木匠川越的源太承包兴建的谷中感应寺自然是无可挑剔的，格子顶棚，五十铺席的正殿，宛如桥梁似的长回廊，几座客殿，长老的房间，茶室，徒僧弟子的起居室，厨房，浴室，直到正门，都极为庄严坚固，或雅致，或闲寂，结构完美，无懈可击。究竟是谁把一座不起眼的旧庙改建成了这

---

① 一种黑色膏药，形如梅花。

样气派的大寺院呢？不是别人，正是宇陀的朗圆长老。他远近驰名，听到他的法号，连三岁娃娃都会合掌膜拜哩。这是一位七十开外的老僧，早年在身延山①萤窗雪案苦读经卷，中年托钵云游六十余州②，他彻观三行③，冥思修业，传播四种悉檀④之法音，普济众生。他忌食世俗之荤腥，骨瘦如鹤；厌倦人生之烦扰，双目朦胧；明坏空⑤之理，不利欲熏心；悟涅槃之真，不贪恋人世。他本来也并未打算兴堂塔，盖寺院，只因远近仰慕其德前来求教的颇多，仅靠原有房舍，弟子们便难免遭受风霜雨露之苦，因此，长老自言自语道：

"要是殿堂再宽敞一点就好了。"

从此，"德高望重的长老说是想要重新扩建寺院哩！"这样的话就传遍四方，有些机灵乖觉的弟子就自告奋勇到处奔走，为修建感应寺化缘募捐去了。还有些信徒大力宣扬长老德行绝伦，力劝富贵人士慷慨解囊。对长老深怀景仰之情者，本来就多不胜数，这样一来，上自诸侯，下至工商，都想赶在别人前面在福田里撒下种子，以便为来世积下功德。如此富者黄金白银，贫者一二百铜钱，都争先恐后，力所能及地竞相捐

---

① 在山梨县，日本佛教日莲宗久远寺所在地。

② 指日本全国。

③ 佛语，即福行、罪行、无动行。

④ 佛语，意思是成就。四种悉檀见《智度论》，众生用来成就佛道的四法。

⑤ 佛语，指四劫中的坏劫及空劫。世界破坏之时为坏劫，唯有虚空之时为空劫。

输，有如百川汇海，转瞬之间就集成惊人的巨额。一些精明强干的人或从中斡旋，或担任庶务，百般张罗，不久就出色地竣工了。说起来这真是一场善行壮举。

然而大功告成之日，庶务长为右卫门把修缮费用以及各项开支仔仔细细一结算，发现竟还剩下一大笔钱。究竟怎样处理呢？他们就把执事僧圆道找来，僧俗两界人士凑在一起商量了一番。买田地嘛，人们捐赠的已绰绰有余，犯不上把这笔捐款派在这样的用场上；然而又别无高明的主意，弄得无计可施。圆道估计长老会淡然地说：

"别麻烦了，你们看该怎么办就怎么办吧。"

但他心想长老兴许会想到了什么用途，就还是诚惶诚恐地前去问问长老的意思。长老连头也不掉过来，只说了声：

"盖座塔吧。"

他隔着玳瑁宽边眼镜，眼睛略眨了一下，就继续默默地念起经卷来了。盖塔的决定就这样做出后，圆道吩咐那个源太画好蓝图，提出预算来。也不知道呆子晓不晓得此事，他就前来参见长老。说来这已是距今大约两个月以前的事了。

五

有个人在感应寺的大门前兜兜转转，慢腾腾地想走进去。

他穿的号衣①原是深蓝色的，如今汗沤风吹，已经变了色，连领子上的标记都模糊了，下面是一条打了补丁的旧细筒裤。他本来就生得不俊秀，而今头发上蒙着一层白乎乎的灰尘，脸上晒得黝黑，更显得其貌不扬。守门人觉得可疑，厉声问道：

"是谁？"

他吃了一惊，瞠目而视，过一会儿才低头哈腰地说：

"我是木工十兵卫。关于修建的事，我有个请求。"

守门人看他说话吞吞吐吐，有点莫名其妙，但料想既然他说是木工，可能是源太派徒弟什么的来办事的吧，就傲慢地说了声：

"进去！"

十兵卫这才鼓起勇气，一边四下里瞅了瞅，一边踱到森严的正门跟前，招呼了两三声：

"劳驾，有人吗？"

一个身穿灰袍、面目清秀、剃成光头的小沙弥边答应边拉开纸门。小沙弥整天接待来客，眼睛很尖，他连台阶都不下，只是直挺挺地站在那里，冷冰冰地说了声：

"有事绕到厨房那边去！"

说罢又把纸门砰的一声拉上了。这以后，除了某处树梢上

---

① 原文作半缠，日本匠人穿的一种在领子和背后染出姓名和所属行会字号的外褂。

126

鹎鸟的啼叫声外，四周万籁俱寂。十兵卫喃喃地哦了一声就绕到厨房去叫门。庶务长为右卫门装腔作势，绷着脸出来开门。他看到十兵卫衣衫褴褛，就用轻蔑的口吻说：

"师傅是从哪儿来的？有什么贵干？我没见过你呀！"

十兵卫浑然不觉，鞠个躬央求道：

"我是木工十兵卫，想见见长老，有点事儿相求，烦您费神给传报一下。"

为右卫门把十兵卫从头顶一直打量到脚尖：只见他蓬头垢面，草履的白色趾袢儿已经发灰。他胸有成竹地说道：

"不行，不行，长老不过问俗事。你有什么请求，告诉我好了，我替你酌情办理。"

十兵卫为人质朴，不会察言观色，把为右卫门的话顶了回去：

"多谢您了。但我这件事，非当面跟长老谈不可，劳驾务必替我传报一下。"

十兵卫心地纯朴，反驳为右卫门的时候，并不曾考虑到这会惹恼对方。为右卫门一听他不肯向自己请托，心中十分不悦，这原也是小人肺腑的常情。于是他的语气登时变得粗暴了，悻悻地说：

"你这个人太不懂事。长老才不听你这种匠人之流的啰唆呢，替你传报也没用。我对你客气，所以才提出要帮你处理的，你倒得寸进尺。什么也不听你的了，快回去，回去！"

为右卫门冷冷淡淡地说完这番话，站起身来就要走掉。十兵卫慌了神，说道：

"话虽这么说……"

还没说上半句，为右卫门就迎头打断道：

"讨厌，别吵吵嚷嚷的。"

为右卫门说罢，扭身就走进屋里去了。

十兵卫兀自伫立在土间①发愣，只觉得仿佛把攥在掌心里的萤火虫放跑了似的。他无可奈何，只好拉开嗓门再度叫门。难道人们都成了哑巴，阴冷的大寺院鸦雀无声，耳际只听得他自己的回音，此外连声咳嗽都听不见。他绕到正门，又喊道：

"有人吗？"

刚才那个机灵鬼小沙弥又伸了伸脑袋，自言自语地说：

"不是已经说过叫你绕到厨房去吗？"

话音未落，早已咔嗒一声拉上了纸门。

十兵卫在厨房和正门之间往返了几遭，终于忘记了礼数，扯开连正殿都能听见的大嗓门，喊道：

"有人吗？劳驾了！"

为右卫门边用比他还大的声音骂着"他妈的"，边大踏步

①　日本式房屋，进门处铺水泥或泥土的地方叫土间。

走了出来，吩咐道：

"来人哪！把这个疯子给我拽出去。长老最嫌吵闹，要是让他知道了，咱们就得因为这家伙挨骂了。"

寺院里的那些仆役在下房里躺了好半天了，为右卫门一声令下，他们都赶快爬起来把十兵卫往外拽。十兵卫坐在地下不肯出去。

"拽胳膊呀！"

"抬脚吧！"

大家七嘴八舌地骂啊吵的。这当儿，想不到朗圆长老身披赭色袈裟走过来了，他左手拿着一束女萝桔梗，右手持着朱色柄花剪子。他为了摆在壁龛^①上观赏而到后院剪了两三枝花，随后又在院子里散了一会儿步，刚好走到这儿。

六

"你们在吵些什么？"

长老的一句话有千斤重，他这么一问，人们登时鸦雀无声，不知该把抡起的拳头往哪里藏才好。正在哇哇起哄的，被

---

① 日本式客厅里靠墙处高出席面的一块地方，用以陈设花瓶等装饰品，壁上一般挂有画轴等物。

这一声大喝也吓得一下子泄了气；有的把捋起来的袖子难为情地放下，钻到众人后面去。为右卫门本来趾高气扬地仰着脸，鼻孔里简直可以喷出冲天怒火，这时大概也感到了几分羞惭，低下头来连连搓着手。他知道乱子是自己闯的，只好把事情的原委掐头去尾地述说了一遍。长老慈祥地莞尔一笑，他那瘦削干瘪的鼻翼两旁长长的皱纹越发显得深了。他用妇女一般柔和的小声说：

"那也用不着吵呀。为右卫门，你要是老老实实给传报一下，本来是不会引起事端的。你是十兵卫师傅吗？随老僧过来吧。让你受了委屈，对不起！"

凡是受万众爱戴者，对人总是格外体贴，既不小看凡夫俗子，也不轻视童仆。长老和蔼可亲，静静地走在前面带路。十兵卫虽是个粗心人，却也被长老的大慈大悲感动得泪流不止。他们逶迤而行，忽而走过潮湿的黄土地，忽而踩着留有一定间隔、铺得颇具情趣的踏脚石，忽而又从憧憧梧桐树影、色泽雅致的方竹①丛生处钻过去，然后走进一个小小的折门。只见一座小院，里面连点像样的花草也没有，四周一片寂寥，松叶散落在有乐形石灯笼②上，方星形③洗手钵里长着一片青苔，给人

---

① 原产于中国，日本人叫作四角竹或四方竹，呈暗绿色。

② 刻有龙凤花纹的石灯笼，这种花纹是织田有乐斋（1552—1621）始创的，故名。

③ 一种外方内圆的洗手钵，圆的地方象征星星。

以清新之感。

　　长老脱掉散步用的木屐，进了屋，招呼十兵卫跟进去，随即把手里的花插在悬空的花瓶①里。十兵卫倒毫不胆怯，他这个人连用手巾掸掸脚面这样的事也想不到去做，只脱下草履，慢腾腾地走进了设有台子②的四铺席的茶室。他几乎是面对面地紧挨着长老坐下来，默默地施了一礼；虽说不上文质彬彬，却也表达了一番真情实意。他几次话到嘴边又咽了回去，终于结结巴巴地说道：

　　"五重塔……我是为五重塔这件事来求您的。"

　　他欠了欠身子，没头没脑地把心里的话连同额上和腋下的汗水好歹一道挤了出来。长老不由得笑起来，慈爱备至地关照他道：

　　"不管你有什么事，反正不要害怕老僧，用不着客气，慢慢说吧。看你坐在厨房的地上不肯走，准是有深思熟虑过的事才来的。喏，敞开胸怀，别着急，只管把老僧当作知己来谈吧。"

　　一些嘴损的，常常为了十兵卫那双鼓眼睛叫他"猫头鹰"。他感情脆弱，这时，两眼早已噙满泪水。

　　十兵卫说：

---

① 用细绳从顶棚上垂吊下来的花瓶，一般作船形。
② 通常把茶室的一块席子挖掉四分之一，装上台子，用来放风炉和茶具。

"哎……哎哎，谢谢您了。我是为了五重塔的事而怀着决心来的。您瞧，我这个人让人家给起了个讨厌的外号，叫作呆子十兵卫。可是长老啊，说实在的，我的手艺还不坏哩。我知道自己挺笨，没出息，也让人家看不起，可我绝不说谎。长老，我会做木工，大隅①派的活计是从小就学的，后藤②、立川③这两派的活儿也拿得起来。请您——请您把这五重塔的活儿交给我吧，我就是为这事来的。五六天前我就听说川越的源太师傅已经画了蓝图，提出了预算。打那天起，我一直睡不着觉啊。

"长老，五重塔是百年不遇的工程，一辈子难得赶上。源太师傅是我的恩师，我绝不想抢他的活计。然而聪明人总是值得仰慕的，这百年不遇、一辈子难得赶上的好活计，要由源太师傅来干了，他死后也将流芳千古，叫人多么羡慕呀。他总算没有白当一辈子木匠。我想，我这个人就算墨线有打歪的时候，拿起凿子、斧子，无论如何绝不会比源太师傅或者其他任何人差。我虽这么认真细致，可一年到头干的净是修理连檐房的板壁、马棚、脏水槽④一类粗活。我也想开了，咱天生愚钝，

---

① 日本旧地名，在今鹿儿岛县。
② 日本15世纪的雕工后藤祐乘（1440—1512）所创始的雕金的流派。
③ 日本18世纪的雕工立川和四郎所创始的宫雕流派，宫雕是指在宫殿、神社、佛寺的栏杆、柱子上雕刻的技术。
④ 木板做的槽形污水沟。

又有什么办法呢？可是一看到那些手艺不高的家伙又是修建宫殿，又是承包殿堂，盖出一些行家看了准会说东家这钱花得冤枉的东西，就私下里哀叹自己太不走运。

"长老啊，我有时也不甘心哪，甚至觉得那些脑袋挺灵活可就是没有手艺的家伙真是可恨。长老，源太师傅是令人钦羡的，他人又聪明，手艺又高超，这件造塔工程包给他就更令人称羡了。可是我呢，比起源太师傅，委实觉得可怜，我心里简直羡慕得要命，那天晚上连一句话也没跟老婆说，边哭边睡着了。忽听一个令人望而生畏的人喝令我：'马上把五重塔盖起来！'我从梦中刚一惊醒过来，就迷里迷糊地把手伸进工具箱，等醒过来才发觉自己不知什么时候已经钻出被窝，手指尖戳在凿子上受伤了却还抱着工具箱。我觉得好没意思，就心灰意懒地坐在灯前发呆。

"长老，您能体谅我当时的心情吗？能体谅吗？只要人家都能体谅，我就是不造塔也可以。呆子十兵卫反正是个笨蛋，就是死了也没什么，却不愿意像一把秃锯那么活着。不瞒您说，打那个晚上起，不论望见晴空，还是那灯光照不到的黑暗角落，我都会看到白木造的五重塔矗立在那里，俯瞰着我。我终于起了自己要造它的念头。明知力不从心，每天下了工就立即熬夜造那五十分之一的模型，昨天晚上刚好把它完成了。长老，您来赏光吧。

"不想干的活儿找上门来，想干的活儿却得不到，我心里多难过呀。我伤心地说，再没有比不走运更委屈的了。老婆就摇晃着那个模型感慨地说：'要是真没手艺嘛，倒也不会感到自己倒霉了。'正因为我觉得她的话有点道理，我就哭得更厉害了。长老，请您发发慈悲，这次的五重塔就包给我来盖吧，求求您了！"

他双手合十，在铺席上叩头，洒在席上的泪水把上面的尘土都漂起来了。

七

长老像木雕的罗汉那样默默地坐在那里，边捻着菩提子念珠，边听十兵卫那一番方寸俱乱的肺腑之言。他拦住十兵卫不让他叩头，说：

"明白了，一切都明白了。你的精神可嘉，有志气，真想让你做徒弟们的榜样哩。我听了也不由得落了泪。那五十分之一的模型，我一定去看看。然而我得说清楚，尽管钦佩你，我可不能擅自轻率地马上就决定把五重塔的工程包给你。包不包给你，不该由我来出面，将来得由感应寺来下通知。这且不去说它，幸而今天有空，倒想看看你造的那个模型，现在就把我领到你家去吧。"

长老为人爽快，话说得通情达理，流畅分明。十兵卫笑容满面地倾听着，边哎、哎、哎地答应着，边像舂米般一个劲儿叩头。最后，他说：

"您答应了？可谢谢您啦。您说要到寒舍来，那可不敢当。模型我马上就给您取来，我走了。"

呆子高兴得几乎发狂，深深地鞠了一个躬，动作敏捷得一反常态，磕磕碰碰地沿着院子里的垫脚石一路跑去。到了家连声招呼也不跟老婆打，一下子就把模型搬出屋子。他找了个帮手，两人一道赶紧气喘吁吁地把它抬进感应寺，放在长老跟前就走了。

长老把模型端详了一番，只见从第一层到第五层，搭配得十分匀称，塔顶房檐坡度适中，无论是第一层的高度，椽木的布局，还是相轮、迎莲、壶门、宝珠①的格局，莫不精雕细琢，工艺卓绝，真是无懈可击，精致得令人怀疑是否出于那个显得怪拙笨的人之手。长老暗自叹息道：

"竟有手艺这般高超而默默无闻、埋没一生的人。连旁人看着都替他惋惜，他本人该多么愤懑呀。哎，像他这样的人，要是可能的话，真想让他取得功名，遂其夙愿。人之一生莫不

---

① 相轮、仰莲、壶（Kūn）门、宝珠都是五重塔顶端的金属性装饰。宝珠在最上边，相轮是宝珠下面的九层杯形装饰，迎莲是相轮下边的座子，壶门是最底层的方台。

与草木同朽，一切因缘巧合都不过浮光掠影一般，纵然惋惜留恋，到头来终究是惜春春仍去，淹留徒伤神。但木工这一雕虫小技，此人却能专心致志地精益求精，豁出命来干，排除杂念，摈弃私欲；拿起凿子就只想好好穿眼，拿起刨子就只想刨个亮亮光光，其心境之可贵，赛过金银。想到他生前要是毫无所成，将自己的手艺带到九泉之下，徒然埋葬于黄土垄中，未免令人怜悯。良马不遇伯乐辨识，高士不为世俗所容，归根结底，同样可悲。不料我竟依稀窥到十兵卫心灵那颗无价之宝所焕发出来的光彩，这也算是个缘分吧。我倒是想委派他来完成这一工程，聊以酬答他那片真挚之心。"

但转而又想到，川越的源太也格外盼望承包这项工程。过去长老曾托他建造过大殿、僧房、客殿，跟他还打过这么一段交道。而且四五天以前他就已经画好蓝图，做了预算拿给长老看。他的手艺也确实不错，信誉又比十兵卫高多了。一件工程两个木匠师傅，既想派给这个，又想包给那个，究竟交给谁好呢？长老一时也难定夺。

八

能言善辩的圆珍严肃地向源太传来口信说：

"明天辰时①以前，请你本人到敝寺来。关于你早就要求承担的五重塔工程，长老将亲自有所吩咐。要注意衣冠整洁。"

这个寺院里的执事僧，性喜诙谐，鼻尖红红的，显然是贪吃辣椒的后果。要是在过去，源太就会以圆珍的诨名"南蛮和尚"②相呼，彼此开几句玩笑，但是盖大殿期间朝夕共处结下的友情如今也淡薄下来。这个和尚俨然摆出一副使者的架势，他原有个用食指和中指挠那尖尖的脑袋瓜儿的习惯，如今却一本正经地将双手揣在袖子里。源太低下头来，毕恭毕敬地答应着。善于应对的阿吉，为了让这个庸碌之辈替丈夫说句好话，在圆珍临走时还把款待他的糕点连同一笔钱包起来塞给他。用这样的方式来布施，也未免太不像话了。圆珍也来到十兵卫家，把同样的话复述了一遍。到了第二天，源太刮了胡子，理了发，换上衣服，心想：

——今天长老可该亲自委派我了。

于是，他精神抖擞地走过僧房。他被让到一间屋里，端端正正地坐着恭候。

十兵卫的神态虽有所不同，心里却同样满怀热望，他跟着领路的人径直走进一间空荡荡、寒气袭人的房间，兀自呆呆地

① 辰时是早晨七点至九点。
② 南蛮是对泰国、爪哇、吕宋等南洋地方的人的蔑称，由于辣椒是从南洋传进来的，日本人也把辣椒叫作南蛮辣椒。

坐在那儿。心想：

——长老马上就会召见我了吧，他该会下令把五重塔的工程整个包给我吧。也许他并不想交给我，这次召见只是为了通知我已经决定委派源太了呢。果真如此，那将如何是好？我埋没一生，一直没有出头之日；本想最后轰轰烈烈干它一场，看来也指望不上了。但愿长老怜恤我憨头憨脑，把工程交给我。

他连那两张九尺宽的纸隔扇上撒着金箔银箔的美丽的凤凰飞舞图也没看见，只是茫然地暗自思忖，浮想联翩。

过了好半天，那个显得挺伶俐的小沙弥来了，说：

"长老有请，到这边来吧。"

说罢，小沙弥走在前面领路。十兵卫虽迟钝，但想到能不能如愿以偿这下子可该见分晓了，所以心里也怦怦直跳，他跟随着小沙弥一路走去，进了一间屋子，想不到只有源太在座。他怒气冲冲地、狠狠地斜睨了十兵卫一眼。连长老的影子都不见。事出意外，十兵卫止步伫立了一会儿，一言不发地白眼相加。他只好在距源太两铺席的地方坐下来，有气无力地悄然低下头，两眼无神，沮丧地盯着自己的膝头。相形之下，源太好似一只顶风挺立在百丈悬崖上的雄鹰俯视着小狗一般。他真是个仪表堂堂的男子汉，胸有成竹，背不驼，肩不歪，不论是他那挺直的身板还是那端正的五官，莫不出类拔萃，令人仰慕。

然而长老不落俗套，他对人一视同仁，心如清水，目光如镜，丝毫不拘泥于外表上的美丑。直到前一天，他还决定不下究竟选谁为是；今天兴许又有了什么主意，所以特地把他俩召来，叫他们在屋里等候。

这当儿，长老悄悄走出居室，脚步轻盈地沿着铺席踱来。走在前面的小沙弥把纸隔扇一拉，长老就进屋坐下。他俩恭恭敬敬地叩头，半天也抬不起来。十兵卫活像一个没见过世面的乡下娃子来到贵人跟前一般，好不容易才仰起那羞红了的脸，额头上的几道皱纹热汗涔涔，连鼻上也冒着汗珠子，腋下想必汗如雨注。放在膝头上那结实得像枯松枝一样的粗壮手指一个劲儿地颤抖。他认为长老的话将左右自己的一生，所以专心致志地等着聆听，那副模样煞是可怜可笑。

源太也默默地侧耳恭听。长老了解他俩的心境，不知如何取舍，一时难以启口。沉默了好一阵子才说：

"源太、十兵卫，你们一道听着，这次兴建的五重塔只有一座，而你们两个都想盖。你们两人的愿望我都想满足，这又根本难以办到。委派给这个人，就会使那个人沮丧，又没有一定的委派标准。不论执事僧还是庶务长都决定不下来，我也没有这本事。这事就由你们俩来协商吧，我不管了，你们商量出结果，我就照办。回去好好议一议。我要说的只有这么几句，你们记在心上，回去吧。我已经交代清楚了，本可以回去了。然而今天我也闲得慌，你俩喝杯茶陪我聊聊天吧，告诉我一些尘世间的街谈巷议，我也把昨天读到的两三个有趣儿的逸事讲给你们听。"

他笑容可掬地把他俩当作知交相待，不知他究竟想说些什么。

九

长老接过小沙弥端来的茶，也劝他俩喝。他俩觉得不敢当，诚惶诚恐地接过茶杯。长老说："你们太客气了，态度随便一点，才谈得拢。我不给你们拣点心，你们自己就随便吃吧。"他把高脚托盘① 推到他俩跟前。

长老呷了一口天目碗② 里的茶润了润喉咙，继续说下去——

我们出家人没有多少趣闻。只是最近在经文中读到了一个使我感慨很深的故事，讲给你们听听吧。从前，在一个晴朗的日子里，某国③ 有个老人带着两个孩子心旷神怡地在香花盛开、嫩草丛生的原野畅游。他们走近一条大河。由于是初夏，水已

---

① 用来放食品的一种高脚木制平盘。
② 天目碗是一种乳钵状的茶碗，最早是自我国浙江省天目山的佛寺传至日本的，故名。
③ 国是日本古代至明治维新前的行政区域，除京城外，全国分为六十多个国。

经快枯竭了，但还清澈地流着，拍打着两岸。河里有一片用珍珠般的卵石和银子般的沙砾铺成的美丽的沙滩。老人一高兴，毫不费力地就纵身跳过那将近两米宽的河面，站在沙滩上四下里打量了一番。只见沙滩后面离对岸也有两米来宽，别有洞天，那是一片净土，与尘世肮脏的土地大相径庭。老人自是欣喜万分，只身一跃而过。但想过而过不来的那两个孩子羡慕得直叫喊，老人动了恻隐之心，说：

"这本是你们过不来的净土，既然你们那么想过来，我就让你们都过来吧，好生等着。看，我脚底下的这些石子，一颗颗都是莲花形的，是世上罕见的。我眼前的这片沙砾，一粒粒都发出五金①之光，这是稀有的沙砾。"

老人这么讲给他们听。他们远远望去，越发焦躁了，急着过河。老人安详地制止他们，把一棵大概是涨大水时连根拔起来的二米来长的棕榈树搭在上面做桥，哥俩争吵着都想抢先跨过去。哥哥的力气毕竟大一些，把弟弟摔倒在地，得意扬扬地匆匆过桥。刚走到一半，弟弟爬起身来，气得使劲摇撼那座独木桥，哥哥一下子跌落到水里，挣扎着爬上了沙滩。这时，弟弟早已安然走在桥上，哥哥一看，也把桥的一端狠狠地一摇。本来就是座独木桥，弟弟也招架不住，马上成了只落汤鸡，湿

---

① 指金、银、铜、铁、锡。

漉漉地勉强爬到老人站着的地方。

于是，老人叹息道：

"你们看不出来吗？你们刚一踏上沙洲，它马上就变了样子，卵石变得又黑又难看，沙砾变成了普普通通发黄的沙砾。看，成什么样子了！"

他俩听后，吃了一惊，睁大眼睛一望，沙砾和卵石变得跟老爹说的毫无二致。哥儿俩分别想到，为了想把这样的东西弄到手，竟让爱弟受了罪，让兄长溺了水，心里既惭愧又悲伤。于是哥哥替弟弟拧干了袖子，弟弟给哥哥绞出了衣服下摆的水，互相照拂，抚慰备至。老人把独木桥拽过来，搭在沙滩后面的河水上，说：

"这个沙滩已经没有什么待头儿了，咱们到那边玩去吧。你们先过桥。"

哥俩面面相觑，一反适才的态度：弟弟让哥哥先过，哥哥要弟弟先过，互相谦让了好一会子。哥哥年岁略长，最后还是哥哥先过了。弟弟怕他摔着，还替他把桥的一端握紧；轮到弟弟过时，哥哥也替他扶牢。老人则轻而易举地纵身一跃而过。三人慢悠悠地信步走去。哥哥偶然拾起一个卵石，弟弟一看，乃是莲花形的，玲珑可爱。哥哥也看了看弟弟抓起来的沙砾，只见它金光闪闪，令人目眩。哥儿俩都欢喜欣快，彼此深深祝福对方交了好运。这时老人从怀里掏出真玉雕的莲花递与哥哥，又从袖中抓出真正的沙金给了弟弟，要他们好生收藏。

这讲出来就像是哄孩子的故事，但是佛家的说教却是真实的，绝不是骗孩子的。你们仔细回味一下，岂不是意味深长吗？怎么样？你们觉得有道理吗？我可是觉得非常有趣哩。

长老从容不迫地说着，他的一片诚意使得那个譬喻真是入木三分。源太和十兵卫四目相视，不禁茫然。

十

从感应寺回家的路上，穿着粗棉布衣的十兵卫交抱着胳膊，丧魂落魄，晃晃悠悠地走着，心想：我再愚蠢也能听懂，长老方才那番话，寓意很深地规劝我们两人有一方要谦让。唉，我可不愿意让呀。我费尽心思，连老婆怕我冻着，好意照顾我，叫我睡觉，我都骂她少管闲事，别多嘴。我夜里眼睛也不合，呕心沥血，这回本想大显身手，用毕生的精力盖起这座塔，死也瞑目。听了长老今天的教诲，我心里好难过。他说得有道理，理应这样办；可是现在让了，天晓得什么时候再盖一座五重塔哩。到头来我十兵卫一辈子再也不能出人头地了。唉，可怜啊可恨，都怪老天爷。可敬的长老大慈大悲，这我十分了解；我丝毫也没得可抱怨的。唉，真叫我左右为难。对方又是恩人源太师傅，我无从怨恨他。难道除了乖乖地退让，别无他法了吗？唉，真的没办法了吗？事到如今，真是遗憾。还不如干脆别起这样的念头呢，只当个呆子算了，那就不至于这样自寻苦恼了。都怪我忘记了自己的身份。唉，怪我自己，怪我自己！可是，哦，可是，哦，不去想这些了。十兵卫这个呆子变成世间那些聪明人的笑柄就行了。让朝夕相处的老婆都背地里叽咕我是个窝囊废，就这样醉生梦死下去，也就罢了。什么人情冷暖，世态炎凉，实在没意思……只要想开了，就知道转这些念头也无济于事，不过是多余的牢骚。就算是牢骚吧，也未免太可怜了。长老那番话暗中教训了我们，把他的真情实意细细琢磨一下，他的大慈大悲就会浸入肺腑，也就无从因为不甘心而再发牢骚了。我们两人互不相让，他处理的时候顾全了双方，把宝贵的经文详加解释，用哥俩的故事打比方，让我们永远和睦下去，这是对我们的谆谆教诲，拿这个故事来比的话，我自然是弟弟喽，更得让了，不然就难以做人了。唉，弟弟可不是好当的啊。

　　想到这里，他委屈得热泪盈眶，连路也看不清楚了，神志恍惚，像被线牵着的木偶一样朝着没有任何乐趣的家里蹒跚而去。忽听有人狠狠地骂道：

　　"浑蛋！你疯了是怎么的？人家刚洗好的东西，你要干什么？浑蛋！"

这一通谩骂把十兵卫吓了一跳，原来不知不觉间他一脚踩上了靠在木桶上的浆衣板①，稀里哗啦连桶带板全被踩翻了，真是太失体统了。

十兵卫摔了个屁股蹲儿，坐在那里发愣。那个晒衣服的婢女似乎是房州②人，力气大得赛过近江的阿兼③，她那面庞犹如小孩玩福笑戏④时放歪了眼睛的丑女面具⑤。

她说："你这狐狸精附体的，真可恨哪！"

她气得抡起拳头，略伸猿臂，猛然一击，十兵卫招架不住，滚了一身土。

十兵卫说："哎，我是被狐狸精迷住啦，对不起！"

对她那套谩骂十兵卫也不敢回嘴，忍痛好不容易逃回家来。

阿浪说：

"哎呀，你回来啦。这么晚才回来，我直担心你怎么了。瞧你这一身土，出什么事了？"

阿浪说着就要给他掸，他有气无力地拦住了她。

"别管了。"

他看到老婆着实忧虑地盯着自己，不由得万箭钻心，两眼噙着泪珠，像是叱责自己一般，不期然地啊了一声，手里摆弄着烟杆儿，做出一副若无其事的样子，但是连一句话也说不出来。他那神态不同于往常，做妻子的已猜出个七八成，一时也找不到话来安慰他。心坎上虽惦念着今天的事，可又不知道该不该问他，话已到了嘴边又咽了回去，只是惆怅地用火箸——其中一根是用杉木筷子代替的——夹起快灭了的炭，靠那微弱的火力来温壶里的茶水。这时到外面去玩的猪之回来了，说：

　　"啊，爹回来了！爹也盖吧，小乖也盖了，你看！"

　　他生气勃勃地拉开了纸门，一心渴望能听到几句夸奖的话，天真烂漫地笑着，指了指塔的模型。做妈的咬着和服衬衫的袖子，无声地啜泣起来。十兵卫瞪大了圆眼睛，泪水几乎夺眶而出，目不转睛地瞅了瞅，说道：

　　"嗯，做得好！做得好！给你奖品吧，哈哈哈哈！"

　　他悲愤地大笑起来，笑声响彻屋宇。笑罢，依然仰着脸，茫然不知所措地想道：唉，弟弟可不是好当的啊。

十一

　　源太像平时一样哗啦一声拉开了格子门，边说着"阿吉，

146

我回来了"，边精神抖擞地走上来。阿吉正忧心忡忡地吸着的烟杆儿，她狠狠地一丢，赶忙站出去迎接。她一面说"怎么这么晚才回来"，一面绕到丈夫身后替他脱下和服外褂，把领口夹在下巴颏底下，将袖子折过来，叠好后麻利地往角落里一摞，马上回到火钵旁边来拨开炭火。铁壶里的水很快就咝咝地响起来了。她朝着咕咚一声盘腿坐下来的男人瞥了一眼，说道：

"日头虽然暖，风却挺凉，路上冻坏了吧。给你烫一盅酒吧。"

她对源太真是照顾得无微不至。嘴上这么说着，早已麻利轻巧地替他准备好了饭菜。放在酱菜上的一片柚子发出幽香，萝卜泥拌腌鲑鱼子，既简便又可口。

源太心里虽烦闷，这一切却使他得到几分慰藉，他一连呷了两三盅酒，后来又慢慢地品了一盅，并把酒盅递给阿吉道：

"你也喝吧。"

阿吉尝了一口，放下酒盅，把烤着的紫菜折起来，嘴里兀自念叨着鱼铺伙计的名字：

"三子不久就该来了吧。"

她把酒盅还给源太，替他斟上。心想：看来大吉大利。于是，她口齿伶俐地说：

"今天到底是怎么个情况呢？我想咱们准有把握吧。可除非你告诉我一声，不然我老是瞎着急。长老说了些什么？呆子怎么了？你板着脸一声儿也不吭，叫我多么心焦啊。"

源太听了，朗笑道：

"不用替我着急。长老极为慈悲，好歹会成全我的，哈哈哈。喏，阿吉，知道疼弟弟，不就是好哥哥吗？有时候看人家挨饿，自己就是受点委屈，也得把饭分给他吃。我丝毫也不怕人家，但一味刚强并不算男子汉，哈哈哈。男子还得会隐忍退让——对，这才叫男子汉大丈夫呢。建造五重塔是一份光荣的差事，我真想独自出色地盖起一座一千年也塌不了的名塔，留给万众瞻仰。完全不靠别人出力出计，单凭川越的源太的本事把它完成。可是，唉，男子汉就得忍住，压下肚子里的火，这才算是好汉。长老的话没错儿。我满心想包这项工程，真不甘心同别人平分秋色。唉，心里好苦哇。可我是哥哥呀。哈哈哈，阿吉，我想跟呆子平分，两个人一道建造这座塔。我是个多么高明软弱的男子汉啊。你夸奖我吧，夸奖我吧。再不听你夸奖两句，不就太泄气了吗？哈哈哈！"

源太的神色显得并不高兴，只是高声干笑。阿吉捉摸不透丈夫的心思，说道：

"不知长老是怎么说的，我可完全不明白，只觉得不对劲儿。为什么要跟呆子这个笨蛋平分呢？这也不像你平时的为人呀。要是让，就干脆一股脑儿都让给他算了。本来是打算自己揽下来的活计，多余去找人帮忙，好比是两个人砍一个脑袋，做事用不着这样小里小气的。大家都道你心地清白，你自己也常常这么说。偏偏今天怎么这么优柔寡断。连我一个妇道人家都觉得你这个馊主意太窝囊了。我不夸奖你，才不夸奖你呢，怎么能夸奖呢？对方不过是受咱们恩惠的呆子罢了。按理你该不容分说地骂他一句：'怎敢抢我的活儿，不要脸！'让他哑口无言。何必这样惯纵他，干这种讨厌的合伙工程。难道只有憨厚才值得称道吗？软弱才算是好汉吗？我可不能容忍。要不，我到呆子那里去一趟，教训他一通，叫他死了这条心，对我叩头谢罪说：'实在对不起。'你看好不好？"

这正是贤妻关心丈夫。

源太听罢冷笑道：

"你懂得什么？只要你认为我做得对，就成了。"

十二

源太干巴巴地叫阿吉不要插嘴，倔脾气的阿吉抬起头来还想说点什么。但她明知道丈夫比自己倔强得多，他不让说，自己非回嘴不可，除了徒然把他惹恼以外，一无好处。她虽然暗中抱怨丈夫不肯把心里话向自己这个做妻子的和盘托出，好好跟自己商量商量，但她毕竟是个聪明人，马上就开了窍，说：

"不是我插进来不顾妇道人家的身份多嘴，我是因为关心你那个工程，不由得想打听一下情况，只不过心胸狭窄，说了一些多余的话罢了。"

她故意把自己方才那番真心话轻描淡写地遮过去了，装出一副一味听从丈夫的样子，其实是想多少减轻一下丈夫心里的烦闷。

于是，源太那绷着的脸略显松弛了，说道：

"什么都靠运气，只要咱待人宽厚，还会交上好运的。这么一想，分给呆子一半心里反倒舒服一些。这个世道究竟是可恨还是可喜，端看自己的气度，所以切莫沾染上贪鄙的习性，要以洒脱磊落的态度处世才好。"

说到这里，源太干了一盅，底下就以看的戏啊、徒弟们的情况等无关紧要的闲话当下酒菜，喝得也不过量；然后，夫妇俩对着一个膳盘①，虽不大讲究，却和和睦睦地吃好了饭。源太想，十兵卫多半该来了吧，就无所事事地等待着。白等了半天，太阳照在纸门上的影子移动了一尺也不见来，移动了两尺仍不见来。

源太心想：

---

① 日本人吃饭时，讲究各放一个木制膳盘在面前，里面放着各人的餐具和饭菜。

十兵卫准会缩着脖子低声下气地前来商量，仰仗着今天长老那番慈爱的话语，哀求自己分给他一半活儿。可他为什么这么晚还不来呢？莫非是绝望了，死了心，以为商量不出什么名堂来了，干脆闷坐在家里不成？还是等着我登门去看他呢？如果是这样，就太狂妄了，总不至于那么傲慢吧。呆子就是这么个脾气，做什么都不慌不忙。这家伙性子太慢了，怎么也不该这么拖呀。

源太一个劲儿地抽着烟等待着，天时虽短，却觉得挺长。天色黑下来，到了鸟群回窝的时辰，源太心里怎么说也是闷闷不乐，那股气几乎憋也憋不住了。正在这当儿，晚饭端上来了，他只是敷敷衍衍地吃了几筷子，连茶都没有从从容容喝上一碗，就愤愤地说：

"阿吉，我到十兵卫家去一趟。要是这会子他刚好来了，就让他等等吧。"

源太说罢，气冲冲地站起来。做妻子的虽不放心，却也无可奈何，把他送出门之后，唯有叹气而已。

十三

那防雨板拉也拉不动。源太越发怒火冲天，使劲哗啦一声拉开，问道：

"十兵卫在家吗？"

话音未落，人已跨进了门。阿浪早已听出是源太的声音，作为跟恩人作对的十兵卫的妻子，只觉得没脸见源太。女人家毕竟脆弱，心里怦怦直跳，只是情不自禁地喊了句：

"哎呀，师傅！"

她慌了神，连招呼也打不利落，一时接不上话茬儿。这时，源太一眼看见十兵卫悄然坐在座灯后边——座灯那捆熏油垢的纸罩上净是针眼儿，就径直走进了屋。阿吉这才慌忙请源太坐在火钵跟前。她心眼这么慢，说明她为人老实，却不懂得处世之道。

十兵卫拙笨地鞠了一躬，慢条斯理地开口道：

"我原想明天早晨到府上去的。"

源太带着鄙夷的神色瞪了十兵卫一眼，故意泰然自若地说：

"哦，你原来是这么想的！我照例性子急，一直等着你哩。也不知等到什么时候你才来，于是就跑了来。这也算是我死心眼儿吧，哈哈哈。可是十兵卫，长老今天那番话，你是怎么理解的？他让我们好好协商一下，接着就讲了老头的两个孩子的故事。我特地前来跟你商量，你已大致打好了主意吧。我也是个火暴子脾气，可仔细想想，那个故事里打的比方很对，互相争执不下，最后两败俱伤。咱俩又不是仇人，我也不能只顾自己合适。也就是说，为了做出妥善的决定，排除私欲，我煞费苦心地想出了一个主意。我也希望你打开天窗说亮话，然后再作打算。我也是个男子汉大丈夫，绝不搞那鬼鬼祟祟的名堂。我说的是真心话。"

说到这里顿了半晌，他瞥了十兵卫一眼。十兵卫耷拉着脑袋，光是哎、哎地答应着。他蓬着头，灯光映照下，只见五六根白发闪亮着。阿浪屏住呼吸，坐在早已睡着了的猪之助枕边，周围寂静得依稀可以听到远方叫卖砂锅面条的声音。

源太越发沉住气，温和地说道：

"咱们也别讲客套，碍什么面子，我就坦率地说出来吧。十兵卫，你看这样好不好？你也是满心指望漂漂亮亮地完成这个光荣的差事，大显身手，撇开个人的利益，出色地实现匠人的夙愿，好让它留传后世，让人们看到十兵卫的匠心和手艺。你也该料得到，我跟你还不是一样。这是轻易遇不上的工程，错过了这个机会，一辈子不一定再能赶上。我源太也是一心地想把自己的匠心和手艺留给后世啊。要是为自己找个理由嘛，我总算也替感应寺包过工，你却没跟它打过任何交道。我是先来的，你是后到的。感应寺托我画了蓝图，可没有托你。旁人都会说由我来承包这个工程才合适，却会挑剔说你不够格。然而我现在并不是拿道理和舆论来替自己张目。我也知道，你纵有本事，却不走运。我知道你嘴上虽不抱怨自己背运，心里却一肚子委屈。设身处地地想一想，你确是潦倒一生，忍无可忍啊。因此，这两三年，虽然也帮不上你多大忙，总算是对你尽到心了。你可别认为我说这话是为了让你感恩戴德。长老嘛，也是由于洞察你心地淳厚，才同情你命运多舛，于是用今天那个故事来开导了咱们。如果你是利欲熏心而跟我作对，我就会把你看成是该死的家伙，存心拆我的台，恨不得朝着你的脑门砍上一斧子。替你好好体谅一下呢，却又想干脆把这活儿让给你算了。话虽这么说，我还是有点私心，无论如何也真舍不得这工程。

"十兵卫，我有个主意想跟你商量——这本来是听者难以接受、说者难以言明的事。我看，你就忍让一下，答应了吧。这五重塔咱俩一道来建造好不好？以我为主，你也许不满意，可你就当个副的，助我一臂之力吧。尽管不满意，甚至不乐意，可源太求你了，你就答应了吧。求求你了！你不吭气，难道不肯答应吗？阿浪嫂要是听懂了我的话，也请帮忙劝劝他，让他答应下来。"

源太连感情脆弱得已经在落泪的阿浪也托付到了。

阿浪说：

"师……师……师傅，谢谢您了！哪里还能找到这么好心好意跟你商量的人呢？你为什么还不道谢？"

阿浪左边的衣袖被泪水浸得沉甸甸的。她边用右手摇晃丈夫的膝盖，边劝说丈夫。十兵卫从刚才起像菩萨一般一言不发，现在还是闷声不响，问了两三遍，他依然默默无言。过不久，他抬起了头，简慢地说了句：

"这，我说什么也不愿意。"

老婆大吃一惊，深深地叹了口气。

源太厉声责问道：

"你说什么？"

他略仰起头，横眉立目地狠狠瞪着十兵卫。

十四

阿浪又惊又呆，心想：源太颇有诚意，才这样异乎寻常地跟十兵卫恳切地协商，这样做才是人情事理，通达兼顾，红花绿叶两美得全。十兵卫却回答说不愿意，尽管这是他那朴直的性格所使然，这样回答也未免太过分了。连完全不通人情的土偶也不会这么说。丈夫这样不讲情义，实在可气可恨，简直不明事理得让人气恼。他安的是什么心，怎么这样不讲理呢？阿浪仿佛觉得上了榨油机一般，浑身绞痛，不由得挨到丈夫身边，说：

"你这是什么话？咱们是落魄之人，师傅要是想一脚把咱们踢下去，也不是办不到。师傅却这样替咱们着想，对咱们恩重如山。这活儿他本巴不得一个人干，却来商量要跟你搭伙，这份好心叫人不知怎么感激才好。何况他还不是把你喊去，而是特地登门到咱们这个连坐垫都拿不出来的地方来跟你协商。你辜负了他的好意，怎么对得起他！你说不愿意，太任性了，会遭报应的呀。师傅的一片好心，你也不会不明白。贪心也罢，不懂得谦让也罢，总该有个分寸呀。我身上的这件褂子，也是去年初冬阿吉师娘看到我还穿着夹衣，显得怪单薄的，可怜我才赏给我，叫我改一改穿的。难道你看不见吗？

"师傅对咱们恩情不浅，你还跟他作对。他不但不生你的气，说你忘恩负义，还看你是个弱者，一个劲儿爱护你。你却不去按照他好心的安排行事，反倒一口咬定不愿意。即便你打心里不愿意，但凡懂事的人难道说得出这样的话吗？看在师傅的情面上，你也好好考虑一下阿吉师娘会怎么想，今后我还有什么脸去见阿吉师娘！师傅器量大，也许并不介意，也不见怪，只说声十兵卫夫妇是不懂事的蠢货，不识好歹。可是你一定会遭到众人的嘲骂，大家会说你是个忘恩负义、不讲义气、不懂人情的家伙，简直是禽兽。堕落为禽兽，就算完成了这项工程，又有什么光彩可言？你常常教训我不要贪心，不要斤斤计较，对照自己的话，你不害臊吗？你还是老老实实照师傅的意思去办吧。人家会说：参天的生云塔是某人和某人共同建造的。你和师傅齐名，得到世人的称赞，那么你就没白辛苦一场，也算是没辜负师傅的一片好心，我也不定多么高兴哩。能够这样，按说是应该心满意足了；可你还不知足，难道是着了魔不成！唉，真不像话！不用我说你也该知道自己的身份，你却不知自量啊！"

做妻子的带着哭声苦口相劝。她深深地低着头，她在发髻上插着一根穿了线的针，那线直晃动，说明她难过得心都碎了，煞是可怜。

双目紧闭的十兵卫，照例瓮声瓮气地说：

"阿浪，别说了，吵得我都没法说话了。师傅，请您听我说。"

十五

十兵卫心情激动，他把发颤的膝头紧紧并在一起，双手按住膝盖，绷直了身子说：

"不像话啊，师傅，两个人建造可不像话。说是要把活儿分给我一半，看起来是您发的善心，其实是不像话啊。我不愿意，不愿意。我满心巴望建造塔，可我已经打消了这个念头。我听了长老的话，回家的路上就完全死了这条心。都怪我可笑不自量，转这样的念头。唉，我太糊涂了。我要是满足于当个呆子，当个傻瓜就成了。让我就去敲打沟板，了此一生吧。师傅，请您原谅我吧，怪我不好，我再也不提盖塔的事了。您又不是外人，而是我的恩人，我就是从旁看着师傅独自盖起一座出色的塔，也会感到高兴哩。"

十兵卫无精打采地这么说着。源太是个急性子，不能耐心地听下去，探出身子去插嘴道：

"十兵卫，别胡说了，你太不明事理了。长老那番教训，并不是单单说给你听的，也是对我讲的。你我都要铭记在心。你何苦自作沉沦，我源太也不好做人呀！你胡思乱想，要打退堂鼓，说什么当个傻瓜就成了，心眼儿太死，也不大合适。你要是说：'哦，那么就由我来干吧。'顺水推舟地承包下来，那还有什么脸去见长老？首先，我讲了多年的义气，也就丧失殆尽了。你呢，鸡飞蛋打，两头落空，再也没有比这更愚蠢的了。两个人做也没有什么不好，所以我才提议两人一道好好干。有什么不愉快的地方互相担待就是了，你有不满意的地方，我也不会觉得有趣儿，这是明摆着的。只要咱们肯互相忍让，就没有容忍不了之理。你也犯不上挖空心思去当个傻瓜，白白地操了几天心，天大的本事也埋没了。十兵卫啊，你如果领会了我的话，就改变主意吧。我是不会说不讲理的话的。"

源太是个江户儿，既讲义气，心又软；既坚持自己的意见，对人又恳挚相待。

他温和地问十兵卫：

"喂，你为什么不吭气？是不满意呢，还是不答应？你答应下来好不好？你还不明白我的意思吗？十兵卫，这不是太不像话了吗？你倒是说呀，是不答应吗？不答应吗？哎，不像话，一声不吭，我可不明白呀。是我说的话没道理，还是你不满意，在生我的气呢？"

阿浪听到这里，衷心感到高兴，嘴上虽没有谢谢师傅，比舌头还能传述真情的热泪却夺眶而下。她担心地朝着仍不作答的丈夫瞥了一眼。只见他纹丝不动，默默地低着头沉思默想，泪珠儿扑簌簌地滴到膝盖上。

源太也沉吟了片刻，接着说道：

"十兵卫，你还不明白吗？还是不满意吗？不错，你一心渴望承担的这个工程由两个人来承包了，你觉得委屈吧。何况以我为主，你当助手，就更不甘心了。好，我让步了。这么办吧，我当助手也行，以你为主好了。你就干干脆脆答应下来，同意咱们两个人干吧。"

源太硬是违背初衷，断然这么说了。

十兵卫慌忙回答说：

"这……这怎么能成，师傅！十兵卫就是发了疯，也干不出这种事来。我可当不起呀！"

159

源太反问了他一句：

"那么你肯听从我的意见喽？"

十兵卫吞吞吐吐地说：

"这……"

源太厉声追问道：

"以你为主好不好？难道你还不知足吗？"

十兵卫被问得慌了神。老婆在他身旁忐忑不安，有气无力地用抱怨的口吻规劝道：

"你为什么不早点听师傅的话呢？"

十兵卫终于弄得一筹莫展，慢慢抬起头来，瞪着圆眼睛，说：

"两个人干一件工作，以我为主也罢，做助手也罢，我都不愿意，无论如何也做不来。师傅一个人盖吧，我一辈子当傻瓜算了……"

源太气冲冲地打断他的话：

"我这么跟你讲道理，你难道非要辜负我的一番好心不成？"

十兵卫说：

"哎，多谢您了。可我不说假话，不愿意就不能照办。"

源太道：

"你胆敢这么说话！说什么也不听我的吗？"

十兵卫回答说：

"我实在一点办法也没有。"

源太道：

"呆子你记着：你这个不通人情的家伙，你凭什么说这样的话！好，我不跟你说话了，你就一辈子去跟脏水槽打交道好了。对不起，五重塔一个指头也不让你沾，我源太一个人把它出色地造起来。你有本事就鸡蛋里挑骨头好了。"

十六

"哦，谢谢啦，我已经喝得烂醉，再也喝不下去了。"

清吉絮絮叨叨地假装辞谢，但那攥住酒杯的手却不往回缩，这也是嗜酒之人的常情。真是可笑！清吉被款待得已经有了十分醉意，可是为了礼貌起见，头脑还保持了三分清醒，一本正经地坐在那里说：

"师傅不在家，喝得烂醉，可对不起师傅了。跟师娘对酌，又不能高兴得配合《夕暮》①舞起来。哈哈哈，我高兴极了，该走了。喝过了头，要挨师傅的骂了。但是师娘，就是挨我师傅的骂，我也觉得高兴哩。我并不是当着大嫂的面巴结，我真是

---

① 地歌的一种，因咏隅田川的黄昏而得名。御堂上方作词，深草检校作曲。地歌是最初在京都一带兴起来的由三弦伴奏的歌曲。

觉得我师傅比茶袋①还亲呢。前些日子在凌云院干活的时候，由于一点无聊的小事，我也跟老铁老庆打起架来，我把老铁的肩膀打成重伤。以后老铁他爹妈哭哭啼啼找上门来，我后悔不该打他，满心可怜他，但我也是个穷光蛋，毫无办法，窘得我直想开溜。这时候，师傅一声不响地帮他出钱治伤，一句责备我的话也没有，只是温和地说道：'小清，打架嘛，在气头上打了人，也是没办法。可你要是可怜他，就该去赔礼道歉，老铁他爹妈心里也会舒坦些，你也省得老是觉得过意不去。'

"经他这么关照我，我感激得哭了，心想：哎，师傅怎么这般仁慈啊！我虽然没有理由向老铁赔不是，但是听了师傅的话，我还是忍下这口气，去向他赔了罪。真有意思，打那以后，我跟老铁竟慢慢地要好起来。彼此要是有了三长两短，就相互代为料理。如今交情这么深，也都全托师傅的福。比起来，茶袋就知道一个劲儿地责备我。总是在我耳旁啰里啰唆地叨唠一些废话：别打架啦，别去逛啦什么的。哈哈哈，简直不像话！嗯，茶袋指的是我妈。这算什么刻薄，管她叫茶袋就蛮好嘛。而且是沏了几道连涩味都没有了的粗茶哩，哈哈哈哈！多谢了，我该走了。

"哦？您说又烫了一壶，要我喝了再走吗？哎，谢谢您。

① 原是装茶叶的布袋，因为与御袋（母亲的俗称）发音相近，这里清吉把自己的母亲戏称作茶袋。

要是茶袋，我想多喝一壶她反而拦住不让喝哩。哎呀，舒服极了，真想唱一曲哩。您问我会唱不会，这不是小看我了吗？我唱的《松尽》①，还承蒙她夸奖过呢。"清吉心地憨直地说。

阿吉含笑逗他道：

"哎呀，你们搞得这么热乎，可小心点儿呀！"

正在这当儿，源太回来了，说：

"哦，清吉，你来得好。阿吉，准备酒，咱们喝吧。清吉，今天晚上得把你灌醉，你用破锣嗓子唱《松尽》给我听听。"

清吉说：

"哎呀，师傅偷听了我的话。"

十七

清吉一醉就不知收敛了。源太说话和气，阿吉又殷勤款待，不知不觉间清吉就失于检点了。给他斟酒，他也不推辞，接过来就一饮而尽。几杯入肚，平时就红得可爱的脸蛋儿变得越发红艳艳的，简直像是熟透了的丹波酸浆果②。他忽而天真地大笑，忽而兀自逞能，忽而东家长西家短地议论伙伴们，忽而

---

① 罗列带有松字的地名而编成的歌。
② 日本旧地名，今京都府和兵库县一带。酸浆果最初产于丹波，故名。

炫耀起自己模仿的台词在什么地方受到过喝彩。又说什么他的朋友老仙这家伙跟人争论能不能把某妓馆的狮面火盆^① 偷到手，结果大大失策了；还说什么他在五十间^② 把地痞揍了一顿。从一件事扯到另一件，越讲越得意，不期然而然地谈到了呆子。

这时，睡意蒙眬的清吉忽然瞪大了眼睛，耸起耷拉下来的肩膀，可笑地撇着嘴喝干那已经凉了的半盅酒，说道：

"我压根儿不明白师傅为什么要疼那么个浑蛋。那家伙过分地精工细做，太不出活儿。说得夸张一点，哪怕一根柱子，一副门槛，也得刨上它三遍。不管叫他干什么，都没赶趟儿过。老仙笑话他说，做个红松的火钵镶沿也要耗上三天，多半就是他这样的家伙。这话说得蛮有道理。师傅却偏袒他。对不起，说实在的，我和老金、老仙、老六，都认为师傅太宽厚了，过分看重这样一个没什么了不起的人。我们还说过这样的歪话呢：要是单凭做工细致就能讨师傅喜欢，今后连一块板壁我们也要细细地刨，慢慢腾腾地把它刨得像围棋盘面那样光滑。

"首先，他是个蠢材，又不懂得交际应酬，既没跟我们一道逛过一趟窑子，也没一起吃过一次清炖鸡块儿。上回大伙儿

---

① 在三只脚上雕有狮面装饰的金属制宽边圆火盆。
② 日本长度单位，每间有六尺。五十间是江户的一条马路，由设在吉原花街进口处的大门（妓院多集于门内）通到日本堤，长五十间，故名。

去大师①，我想：大家都是在师傅跟前干活的，犯不上单把十兵卫一个人撇开，就好心邀他一起去。谁知他只干巴巴地说了声：'我穷，去不起。'他这不是太简慢、太不懂人情了吗？要是没钱，就是把老婆仅有的一件衣裳送进当铺也得去，这才叫会应酬，讲交情。他是个连这一点也不懂的白痴，可师傅还一个劲儿对他开恩，他反倒得寸进尺。本来是跟我和老金一样的身份，如今，好歹他能独当一面了。

"我和老仙从小跟着师傅，那时流着清鼻涕，自带饭盒，干完一天的活儿，背着一捆木片摇摇晃晃走回家去。十兵卫却跟我们不同，他是从外地来的，按理说应该比我们加倍对师傅感恩戴德呢。师傅师娘，我心里挺难过。一旦有事，为了师傅师娘，我就是赴汤蹈火也在所不辞。浑蛋！呆子这无情无义的家伙，就是为了恩人他也一点苦头不肯吃！他就是没好心眼，真是个无情无义的浑蛋！"

醉意促使他不禁发着牢骚，他沉浸在里面，竟呜呜地哭了起来。阿吉看了看丈夫，心想：又犯老毛病了。她做出一副为难的样子，可她本人也对呆子恨得要命，所以认为小清的话多少有些道理。

源太还没糊涂到没有定见的地步。他边举起酒盅递给对

---

① 指大师河原，是神奈川县川崎市的地名，祭祀弘法大师空海的川崎大师堂所在地。

165

方，边朗笑着逗清吉说：

"你说什么呀，清吉，别当着我的面胡说啦。哭也是白搭，有那本事，你去讨好女人算了，一下子准能搞到手。这里可不是你的意中人小蝶的房间啊，哈哈哈哈！"

清吉越发一本正经地把成串儿的泪珠子抹掉，接着就把那只手伸到生鱼片的盘子里，哽咽着说：

"哎呀，真不像话！师傅把我当成醉汉怎么能成。我才没醉呢。我不会吃掉小蝶。说起来，她那脸蛋子长得倒有点儿像呆子，可恨又可悲。呆子真可恶，跟师傅作对，狗胆包天要造五重塔，简直是狂妄自大，可恨透顶。师傅太宽厚了，这忘恩负义的东西才这么跋扈起来，要造反了。据伯龙[①] 说的书，明智[②] 造反是情有可原，但呆子就是大逆不道了。师傅什么时候用铁扇子打过呆子的脑袋[③]？什么时候对兰丸[④] 许愿过要把呆子的领地给他？那家伙要是得寸进尺，师傅让他联名，他就联名造塔的话，我可不能饶了他，非把他打死喂狗不可。就像这样

----

① 神田派的说书先生。初代伯龙叫神田伯龙，1720—1730 年间给诸侯说书；二代伯龙住在水户，叫水户伯龙；三代伯龙移居到大阪。

② 明智光秀（1526—1582），日本安土桃山时代的武将。他是织田信长的家臣，在京都本能寺袭击信长，迫使信长自杀身死。

③ 织田信长曾经用铁扇子打过明智光秀，明智怀恨在心，日本武士随身携带铁扇子，既可当扇子，又可以用来防身。

④ 兰丸是森长定（1565—1582）的乳名。长定是织田信长的宠臣。信长准备把明智光秀的领地收回来，封给长定，因而遭到光秀的忌恨。光秀袭击本能寺时，长定为了保护信长而战死。

166

揍死他！"

话音没落，他朝着空酒瓶猛地打了一拳，登时碎片四散，碗盘也稀里哗啦飞将出去。

师傅大喝一声：

"王八蛋！"

清吉瘫坐下来，放老实了。一看，他趴在呕吐出来的一摊紫菜上，早已打起呼噜来了。

源太咯咯笑起来，对阿吉说：

"你给这个小傻瓜盖上件棉衣吧。"

他自斟自酌，一饮而尽，喷出一股股酒气。心想：我一怒之下就从十兵卫那里回来了。照这样，就跟清吉一般见识了，还得想想办法才是。

十八

源太气冲冲地回去后，阿浪看着丈夫交抱双肘、茫然若失的神情，不由得长叹一声道：

"招师傅生了气，活儿又终于没揽上。你整夜不合眼，辛苦了好几天，费尽心机才做出来的模型也白费了。闹到最后，既得罪了人，又招来了闲言闲语：什么忘恩负义啦，不通人情啦。说得过分些，真是丢人现眼！你也许会怪我这个妇道人家多嘴，不过，即便直心眼儿，也该有个分寸才是。你听从了师傅一再提出来的办法，合伙干也未必就辱没了你。可你一味固执，硬是意气用事，谁个还会夸你可钦可佩怎么着？你要是顺着师傅的意思，就能叫恩重如山的师傅满意，自己也有个出头之日，不会白辛苦一场。这岂不是两全其美，皆大欢喜。可你为什么偏不这么办呢？我真猜不透你的心思。你就不能回心转意，依着师傅的话去做吗？只要你改变主意，我马上就去师傅家，好说歹说给师傅赔个礼，道个歉。打定主意，哪怕是挨打挨骂也绝不动弹，拼死拼活一个劲儿谢罪。

"师傅是个大慈大悲的人，总不至于老是那么生你的气，想必会原谅你一时转错了念头的。你就死了这条心，别再固执己见了，照师傅说的那么行事不成？"

阿浪一心为丈夫着想，苦口婆心地劝说。她虽说是女人家见识，也自有一番道理。可十兵卫呢，连眼皮都不抬一下，竟说道：

"唉，别唠叨了，也别再提什么五重塔了，我想入非非，也难怪人家说我忘恩负义、不通人情，这都是我考虑不周惹出来的。事到如今也无可奈何了。但你说什么死了这条心，那无论如何也办不到。我十兵卫干活也使唤人，可不愿旁人出主意。我也给旁人打下手，但绝不多嘴多舌。不论是柱子的构

168

造还是橡木的配置，凡是我分内的活儿，都得照我的主意去做，丝毫也不能听人摆布，好坏我自家承担。倘若在别人手下干活儿，就唯有老老实实干活吃饭，给什么干什么，要我妄自尊大，讲越分的话，高低不干。我十兵卫最讨厌那种寄生的家伙，明明是攀高枝，还要标新立异，得意扬扬。

"我既不愿去沾人家的光，也容不得别人来巴结我，这也是无可奈何的事。好心肠的源太师傅这么讲交情，苦苦相劝，我自是心领神会，感恩不尽。但是居然利用我这片心意，把我当成那种攀高枝的人，那就太不厚道了。我十兵卫当傻瓜，当呆子都成，就是不愿意当寄生木去向上爬。哪怕是当一根矮小的树下杂草，枯萎了，我也甘心，在大树底下还能当绿肥。

"但是，我平素一见那些当了寄生木、高高在上的家伙，心里就瞧不起，认为他们是一帮卑污苟贱的家伙。而今，自己又怎么能顺水推舟承师傅的恩情，觍着脸去当这种人呢！索性听师傅的吩咐，刨刨锯锯倒也来得痛快。师傅对我表示恩情，我心下反而不是滋味。你准怪我不懂事，那就包涵点儿吧。唉，没办法，我十兵卫就是不识抬举，所以人家才叫我呆子、傻子、白痴。随你怎么说，我也无可奈何。哦，火快熄了，好冷，快睡觉吧。"

听丈夫倾诉的衷情，也自有一番道理，阿浪无言以对。一盏座灯照着这间斗室寒屋，那灯芯结成丁香花苞形状，灯光暗淡下来了。

十九

当晚，源太辗转不能成寐，连个梦也没做，一遍又一遍的鸡叫声，听得清清楚楚。第二天他比平时起得早，洗漱毕，喝上一杯热茶以解宿酒。这当儿，清吉一骨碌爬了起来，揉着蒙眬的睡眼，满脸的狐疑。源太和阿吉扑哧笑了出来，打趣道：

"清吉，昨晚你怎么了？"

清吉立时坐直了身子，连连施礼道歉：

"喝过了量，不期竟睡着了。师娘，夜里我没有什么失礼的地方吧？"

他忐忑不安地问道，好生尴尬。

"嗯，没什么，吃了饭就去干活儿吧。"

话说得那么温存，越发使清吉感到惶愧。他环抱着胳膊，痴痴地冥思苦想，那憨态煞是可爱。

打发走清吉之后，源太兀自发呆。他为人素来爽朗，如今一反常态，满腔心事，连对阿吉都不大搭理。

他忽而自言自语道："哦，原来如此。"

忽而长叹一声："可怜！"

要么就嘟囔着："罢了，罢了。"

接着又愤愤地说："如何是好呢？"

阿吉在旁看见他这副神态，心中着实不忍，刚开口要安慰两句，就被堵了回去：

"别说了！"

她只能干着急，空自心疼而已。源太毫不理会，一直苦苦思索到傍晚，这才似乎打定了主意，蓦地起身更衣，直奔感应寺而去。见到长老，源太便将夜来的事，一五一十地和盘托出。

"十兵卫的回答，我也不甚明白，听了，一度很是气愤。可是回去之后，细细地一思量，即便我独自盖成一座好塔，可是有负长老的一番教诲，越发显得我源太私心太重，不像个大丈夫的所作所为。然而，看来十兵卫也轻易不肯打消这个念头。他若强自忍让，按说我源太也该克己，将活儿让给他做，这才见得出人情至理。我绞尽脑汁好不容易想出来的主意，十兵卫拒不采纳，也没办法。气也罢，恨也罢，都是无可奈何的事。我再也想不出别的法子了，唯求长老哪怕叫十兵卫一个人承担也行，我绝无二话。不论是让十兵卫干，或是让我干，还是让两个人一道干，长老就随便吩咐吧。我们再也不想争执了，只要是长老的意思，我们就绝不会心存芥蒂。我们双方谈不拢，所以来请求长老明断。"

源太脸上一片至诚，这么恳求着。

长老喜形于色，说道：

"说得有理，说得有理。你也不愧是个令人钦敬的好男儿。好、好，但凭你这股义气，比盖起一座生云塔还要出色。刚才十兵卫也来了，他说的话跟你一样。他也是个好样儿的，源太啊，你该好生疼他才是。"

听了长老这番语重心长的话，源太当即点头作答：

"是，一定好生疼他。"

他极其爽快地应承下来。

长老遂笑逐颜开道：

"好，好啊，果真是个男子汉大丈夫！"

承蒙长老如此由衷地褒奖，源太虽觉惶愧，却不由得抬起头来，感激万分地说了句：

"托您的福，我成了个男子汉大丈夫吗？"

他高兴得洒下一掬英雄泪，想在工程上慷慨协助十兵卫的豪情便油然而生，可钦可佩。

二十

十兵卫自从去感应寺见到朗圆长老，流着泪辞去工程回来后，终日闷闷不乐，连抽袋烟的心绪都没有，茫茫然，深叹命薄运蹇，做人真难，思前想后，忧愤不已。到了吃饭的时候，勉强拿起筷子，平时这样的饭香喷喷地一吃就是六七碗，今天却味如嚼蜡，一两碗就吃不下去了，茶反而喝得格外多，凡是有心事的人都难免如此。

当家的心情郁闷，连妻子和猪之这天真的顽童也跟着悒悒不乐。本是落魄贫寒的家境，越发显得冷清不过。这一天过得毫无盼头和乐趣，在凄凉的梦境中挨过寂寥的漫漫长夜。晨钟敲起，阿浪一觉醒来，从猪之身边悄悄钻出被窝。晓风寒气逼人，更兼室内无火，做妈的不忍叫醒猪之，想让他多睡会儿。岂知猪之不似往日睡得那么安详了，不知怎的猛然蹿起来，只穿一件单衣，就在被窝上跳着脚，用蕨菜般的两个小巴掌捂着眼睛，莫名其妙地哭喊道：

"不行，不行，不许打我爹。"

"啊，怎么了，猪之？"

阿浪吃了一惊，把猪之搂在怀里，他还犹自哭个不止。

"没人打你爹，你做梦了？瞧，爹不是还睡在那儿吗？"

阿浪让孩子把脸挨过去，告诉他说。孩子纳闷地探头看了看，好不容易放下心来，神情间还有点将信将疑。

"猪之呀，没事儿，你敢情是魇着了。多冷啊，快进被窝躺着，别着凉。"

阿浪赶紧让猪之躺下来，给他严严实实地搭上件棉袍。猪之睁着一双大眼睛瞧着妈的脸说：

"啊，真可怕呀，刚才有个可怕的陌生人……"

"哦哦，怎么了？"

"拿着一把挺大挺大的铁锤，爹正坐在那儿没吭声，他就使劲朝着爹的脑袋打了好几下，半个脑袋都打坏了。可把我吓坏了。"

"啊，晦气晦气，讨厌，说这样不吉利的话。"

阿浪刚皱起眉头，一向颤着声音叫卖豆豉的小贩恰巧从门外走过去，自言自语地说着：

"啧啧，倒霉，草鞋趾袢儿断了。"

阿浪面色更加阴沉了，到厨房灶下生火。柴火怎么也点不着，心里不由得气恼。天窗总拉不开，也让人焦躁。她觉得：唉，今儿个真不吉利！

其实她也明知道这是因为自己有心事，可是又自怨自艾，该惦念的事儿多着呢，说出来叫人笑话。于是鞭策自己，有说有笑，兴冲冲地服侍丈夫和孩子，毕竟这一切都是硬装出来的，所以笑声不免带着几分忧愁，这光景好不凄楚。正在此时，一个小沙弥学着大人腔调傲慢地问："十兵卫在家吗？"说着就走了进来，大大咧咧地一屁股坐在铺席上，没头没脑地说了句：

"有事。长老叫你马上去一趟。"

阿浪感到有些蹊跷，十兵卫也不很了然。他心想：事到如今，再进感应寺的大门也是白搭。但也不便辞却，只好去打听一下有何吩咐。哪知事出意外，天地颠倒，不知是梦是真，朗圆长老坐在正当中，右边是圆道，左边是为右卫门。只见圆道庄严地说道：

"此次修建生云塔，一切工程本来应该由川越源太来承担。只因长老体恤下情，慈悲为怀，经过仔细斟酌，已破例准定由十兵卫承包，望你休要坚辞拒纳，早早拜谢才是。"

长老声音苍劲地也接口说：

"十兵卫呀，你就尽力地干吧，干得出色我也高兴。"

呆子听了这样的佳音哪里受得住呢。他惊伏在地，感动得浑身发颤，只说了句：

"十兵卫一定豁、豁、豁出命来干……"

说着声音便哽住了，殿堂里万籁俱寂，他的呼吸声虽不大，却似乎在诉说什么，轻轻地传入人们耳际。

二十一

红莲白莲香袭衣裳，浮萍上露珠滚动，和风吹拂着莲叶。

但自从红蜻蜓戏弄水草，初霜点染了向冈[1] 的树梢后，这样生意盎然的夏日景致便消失殆尽。唯有白鹭遁世般地徜徉在枯焦光秃的残荷败茎之中，尚有几分情趣。蓝天将暮，飞雁掠过点点繁星腾空而去，声声哀鸣，给不忍池[2] 的景色平添了不少意趣，恰好为酒客助兴。

这里有一家蓬莱酒家，顾客可以像小乌龟[3] 那样足喝一气。后楼上，有个男人神情愉快地在欣然等待人来临。他身穿素淡的条纹和服，手拿住吉式的银烟袋，言谈洒脱，举止豪放，一看就是个匠人，但人品不俗。那个叫阿传的女侍跟他是老相识了，知道这就是人人喊作师傅的源太。阿传一面摆下杯盏，一面奉承地说：

"您一定等急了吧？"

源太正等得无聊，巴不得有人跟他说话，就答道：

"等得急死了，也不替人想一想，真不知在磨蹭什么呢。"

"恐怕梳妆打扮耽误了工夫，那也难怪。"

阿传惯于说这套应酬话，话音未落，早已嘻嘻嘻地笑了起来。

"哈哈哈，言之有理。待会儿人来了，你仔细瞧瞧，恐怕

---

① 在今东京都文京区。
② 在今东京都台东区上野公园西南。
③ 据说海龟嗜酒，故有这个比喻。

在这一带还无与伦比呢。"

"咦，敢情那么了不起。那您请我什么呀？师傅，您说的那位是教插花的吗？"

"不是。"

"是一位姑娘！"

"哪里。"

"是位遗孀？"

"不是。"

"是位老婆婆？"

"胡说，净糟践人。"

"那么，是个娃娃家？"

"你这妮子，别拿人取笑了，哈哈哈哈哈。"

"嘻嘻嘻嘻嘻。"

他们正有一搭没一搭地说说笑笑，纸隔扇外面喊了声：

"阿传，客人到了。"

阿传立起身去拉纸隔扇，先回眸望望，向源太调皮地递了个眼色，不吱一声，只是满脸堆笑，似乎在说：

"这回该开心了吧。"

她这样逗他着急，原是为了让他心里高兴。哪里知道，源太其实是由衷觉得好笑。这时，阿传嗖地拉开纸隔扇，只见客人慢吞吞地走进来，这哪里是什么俊姐儿，竟是个既不香也不艳的粗鲁汉子。头发蓬乱，胡子挓挲，满脸污垢，衣服邋邋褴褛，汗毛直竖，一看就令人讨厌。阿传惊愕得不知所措，连句寒暄的话都说不出来。

源太含笑说：

"十兵卫，这边来。别拘束，盘腿坐吧。"

源太把显得怯生生的十兵卫硬拉过来让他坐下，酒菜都摆好后，拿起已经喝干的酒杯斟满，对沉默不语的十兵卫说道——

十兵卫，刚才特地打发富松请你来到此地，不为别的，原是为了跟你言归于好。怎么样，咱们开怀痛饮一杯，彼此消除心里的疙瘩，请你忘掉那天晚上我说的那些过火的话吧。说实在的，那天晚上我认定你是个完全不明事理的家伙，十分生气。说来惭愧，就大动肝火，暴躁起来。当时恨不得敲碎你的脑袋。幸好我源太并非老是受坏的方面的影响。有一次清吉那厮到我家来喝得烂醉，信口胡言乱语。我听了，突然觉得好笑起来，心想：哎，这家伙气量这么狭窄，把芝麻大的事也恬不知耻地夸大其词。可是仔细一思量，那天晚上跑到你家去讲的那番话，还不是跟清吉一模一样。都怪一时意气用事，说了错话，真是后悔不迭。

我源太身为男子汉，没有度量，若叫长老瞧不起，可不

178

得了。你十兵卫不顾一切，辞退了工程，我要是不理解你的心意，只顾闹别扭，那就会铸成大错。虽然这么想，却又觉得你太不懂事，生你的气。我考虑得面面俱到：这么办吧，那边就摆不平；那么办吧，这边又勉强，我挖空心思提出来个并不光是替自己着想的方案，你却一股脑儿给推翻了。实在是可恨啊，我简直忍无可忍了，最后打定主意去见长老，讲出我的想法。长老只说了句"好哇，好哇"，这一下子才驱散了心头的云雾，爽快得犹如吹来了一股清风。

昨天长老又特地把我找了去，除了百般称赞我，还无微不至地关照说："一切工程还是交由十兵卫去承包了，你要私下里好生助他一臂之力，这可是你的善根福种。十兵卫手下未必有工匠，他一旦动工，就得雇用好些人，其中难免有你的徒弟。你要好好嘱咐他们不要猜忌闹别扭。"

回来的路上我深感长老明察秋毫，真是大慈大悲。十兵卫，原谅我那天说的过头话。请你体谅我的心意，咱们和好如初吧。事情既然已经成了定局，过去的种种想法就像做梦找东西一样，都是一场空。老记在心里，有百弊而无一利，把它丢在不忍池里付诸东流吧，咱们都把它忘掉算了。你在这里吃不开，不论买木材还是和建筑工人打交道，都不大好办，一切都可以用我的名义，我帮你一把。丸丁、山六、远州屋这些大商号你不熟悉，他们都不把你看在眼里。为了避免麻烦，凡事你就尽管搬出我的名字好了。

梅组①的把头锐次是个急性子，恐怕你也知道。铮铮铁骨，说来不见怪，性情像团火，但凡有求于他，他总满口应承，为人极可靠，从不失信。盖塔最关键的是地基，它要承受空风火水这四大元素的压力，若是叫他来打地基，他准会使出全副力量，单凭他那股血性，也会把地基打得比不动明王②的石座还要牢固。回头我把他也介绍给你。如今，我源太唯一的希望就是成全你十兵卫。只要你能出色地盖成一座好塔，我就再高兴不过了。

这塔好歹是留存万世的，我们的后代弟子都会看得到，要是盖坏了，多么可悲，岂不是一大恨事！有朝一日让他们说，源太十兵卫那个时代，为了盖这么一座蹩脚的塔，竟然闹得又哭又笑。十兵卫啊，咱俩死后反正也是要化成灰，消失得干干净净，不在世上留下拙劣的工程，倒可以少出丑。但是，正因为留下了一点东西却遭到弟子们耻笑，好比是混账老子吃了儿子的指摘，这岂不比儿子吃老子的批评更丢人吗？宁肯活着受磔刑，也不能死后任人用盐腌了再示众。

起初我也没有想得这么深，可你跟我针锋相对，我也就

① 日本有承包土木建筑等工程的把头制度，工人在把头底下结成组干活。一般冠以各组把头的姓。
② 佛教里的五大明王之一，其雕像手持降魔剑，坐在石座上。

意气用事起来，寻思：谁说让十兵卫盖座塔瞧瞧，不比我源太差？我源太就是要盖出一座试试，绝不比十兵卫逊色。如今思想忽然豁亮了，摈除了私心杂念，看得也远了。但求盖出一座好塔，你脸上添光彩，我也愉快。我今儿个想说的就是这些。

啊，十兵卫，你听了我这些话，一双大眼睛都泪汪汪的了，我好高兴啊。

源太不愧是个地地道道的江户儿，竹筒倒豆子，干脆爽快，怒气全消，口气温和，话语铿锵有力。

十兵卫一动不动地听着源太的话，默默地趴在铺席上。

"师傅，请原谅我吧！十兵卫嘴笨，谢、谢、谢谢您了！"

他结结巴巴地说着，打心里哭了出来。

二十二

十兵卫虽然默默无言，举止之间却看得出他的诚意。源太喜形于色，大有烟笼湖水、阳光和煦之色，他口气温和地欣然说道：

"咱们像这样消除了隔阂，携手合作，既能使长老满意，自己脸上也光彩。唉，我心里好痛快呀！十兵卫，你开怀畅饮吧，我今天也得喝个烂醉。"

他说着已站起身，把放在错花格子上的包袱取下来，解开包儿，拿出两沓文件，放在十兵卫跟前。

"这些东西，我已经没用了。一份是颇费周折才调查得来的木料特征和用法，花几个晚上才完成的工匠、脚夫等项开销的预算；另一份是煞费苦心搞出来的蓝图，有各层屋檐结构图或基础平面图，第一层屋面的设计图，斗拱出二跳或三跳的。装饰性附属结构，并记载了云形、波形、蔓草花纹、动物图样、雕刻图案，还有最难设计的顶梁柱以及各处的横板，如门上的横板，窗下、墙壁半腰的横板，门槛和走廊板壁之间的横板，门口的重叠横板，等等。此外还有走廊的地板以及搁地板的横木、柱础、栏杆的扶手、斗拱、两柱之间的横木、支撑四角小梁的椽木等，所有这些材料的计算方法、墨线的画法、曲角尺的用法，事无巨细，均有记述。也有的不是我画的，系祖传的秘诀，不肯外传的图纸，以及京都、奈良堂塔的模拟图。这一切都交给你吧，你看了多少会有些用处的。"

源太说罢，把他精心保存的东西慷慨地转送给十兵卫。呆子倒不是不理解源太的宽宏大量，但他也是个有骨气的人，素不喜欢仰赖别人的恩赐。于是说道：

"师傅，多谢您了。我领您的情，但您还是收回去吧。"

他虽不是故意的，口气却挺生硬。源太大为气恼，抑制着愤怒问道：

"你是说不要吗？"

呆子浑然不觉，漫不经心地说了句：

"我就是向您借了，也……"

话音未落，直性子的源太已忍无可忍，说道：

"我对你仁至义尽，连自己呕心沥血画出来的图纸都要送给你，你竟然这样不讲情谊，退回给我，真是个无礼之徒。你就是有天大的本事，也不该不接受别人的好意啊。说起来，当初你跟我唱对台戏，我心里就不高兴，但我忍住了，不愿跟你争吵。你得过我的好处，却来跟我争这个活儿，要是换个人，就是打你一顿也解不了心头之恨。只因为我疼你，就连半句怨言也没有，只是让事情听其自然地发展下去。你难道忘了吗？

"长老教诲了咱们之后，我费尽心机想主意，特地到你家去，替你商量个有利的办法。可你一个劲儿闹意气，一般人早就不能容忍了，我因为真心疼你，才压下这口气。你难道不明白吗？你竟然以为，只是由于你走运，本事大，为人老实，长老才安排你去担任这次的工程的吗？你莫非以为我源太给你这些图纸是为了让你欠情？要么你就已经翘尾巴了，根本瞧不起别人的图纸，认为没什么价值吗？你不要，我也不勉强你。你这个人也未免太无情无义了。你道声谢，高高兴兴地受下，事后跟我打声招呼说：我采用了您的一两个招数，多亏了您，有

183

一个地方搞得挺顺利，这也算是人情之常。可是图纸你连打都不打开，看也不看一眼，冷冷淡淡地说你用不着，好像是表示自己早都知道了。你十兵卫拒绝得好啊！

"你认为不屑一顾，难道我源太画的图纸都在你的意想之中，我就不能比你多几招儿吗？其实你有多大本事，我是知道的。你那座塔也不见得怎么样，还没盖我就看得出，漏洞还不少呢。我已经忍无可忍了，我虽不会做什么卑鄙勾当来报复，但我心头之恨，该解之日一到还是得解。我苦口婆心劝你，嘴都说破了，以后再也不说话了。一旦想通了，干脆连话都不想说了。君子报仇，十年不晚。我要在一旁瞪大了眼睛，一声不响地注意等待机会。"

这两个人的脾味本来就不相投，接二连三发生纠葛，终于闹崩了。源太压低嗓门，突然客客气气地以"大人"相称，安详地说：

"十兵卫大人，你既然说不要，这图纸我就收下了。你独自盖起来的塔，一定挺出色，闹地震、刮暴风也塌不了吧。"

口气虽温和，却饱含着嘲讽之意。

十兵卫听了，自是很不愉快，就干脆说：

"呆子也懂得廉耻。"

源太又叮了他一句："这话倒是说得蛮漂亮，我一定忘不了。"接着就默默地狠狠瞪着十兵卫，过一会儿，蓦地站起来说：

"哎呀，我忘记了一件要紧的事！十兵卫大人，你消消停停地解闷吧，我想起一件事，得回去了。"

　　他马上离开饭桌，转眼就大致算好了账，留下一笔酒菜钱旋即走掉了，接着迈过同一条街另一家酒馆的门槛，说道：

　　"真讨厌，无聊透顶，太没趣了。磨蹭什么，快拿酒来。别鼓捣蜡烛了，又当不了饭吃。笨蛋，光有下酒菜，喝得了酒吗？小兼，春吉，阿房、蝶子，不管三七二十一，把她们都拽来。哪个小伙子腿快，请到我家去一趟，阿清、阿仙、阿铁、阿政，不管是谁，叫他们立刻来玩。"

　　正说着话的工夫，几杯酒早已下肚。艺伎们不久就来了，源太当即流露出焦急的心情，说道：

　　"别磨磨蹭蹭地说什么晚安了。"

　　又说：

　　"喝吧，挨排儿斟，把酒杯递过去啊。阿春少装腔作势一点，春婆别老气横秋的。喂，阿蝶，瞧你呆里呆气的，我可要在你脑袋上点黄鼠狼花炮① 了。啊，唱呀，敞开儿唱吧。小兼的嗓门儿蛮好听。阿栗跳舞吗？香栗，再跳欢实点儿。哦，清吉来啦，阿铁也来了。你们就大闹一气吧，怎么折腾都行。我有喜事，今儿个不讲客套，开怀畅饮好了。"

---

① 　也叫老鼠花炮，是小孩玩的一种小花炮，点上火后到处乱窜。

师傅如此精神抖擞，连迟一步来的阿仙、阿政也在他的带动下闹腾起来。木工本是拿手好戏，哪怕戳通了顶棚，踏破了地板也不怕，欢蹦乱跳，哼哼唱唱，潮来出岛①表演得并不可爱。甚句②之声震耳欲聋，跳着"加波列"③就滑了一跤。阿铁拿起洗酒杯用的水盂敲着鼓点儿变戏法，清吉则挨着阿房躺在那儿练唱"头插银钗，醋性大发"。大家乱哄哄地闹着，阿政则我行我素，用比运木歌④圆润一点的嗓子别有风趣地吟起诗来了：

"巍巍青山，耸立北边。"

大家各显神通，闹得天翻地覆。最后又划起拳来，艺伎划输了，就一件件剥衣服，煞是不雅。于是源太说了句"咱们走吧"，这伙人也不知道又到哪儿去了。

二十三

老鹰飞翔时目不斜视，看中了仙鹤就穿过云彩，顶着风，

---

① 流行于常陆国（今茨城县）潮来地方的民谣，其中有"潮来出岛生茭白，菖蒲花开真可爱"之句。这里是指艺伎边唱这支民谣边跳舞，表演得并不可爱。
② 由七、七、七、五共二十六字组成的民谣，各地都有，如米山（在今新潟县）甚句。
③ 是一种滑稽舞，边舞边"加波列，加波列"地吆喝着打拍子。
④ 运木料时用哑嗓子吆喝"kiyari"，故名。

一心扑向仙鹤，不抓住它的脖子叼走，决不罢休。十兵卫自从决定从事五重塔的工程以来，黑天白日只有这一个念头。吃着早饭满脑子都是塔，夜里做梦，魂魄也萦回在相轮顶上。干起活来把老婆孩子都忘得干干净净，既不回顾自己的过去，也不去想自己的未来，抡起斧子砍树时就使出浑身力气去砍，画蓝图时就呕心沥血去画。

五尺之躯的十兵卫，在这鸡犬之声相闻，东家道喜、西家报丧的尘世上，竟能丝毫也不分心，只是拼死拼活地干。他心里也曾嘀咕过那天晚上源太对他表示不满的事，但是他愈益呆了，把这看作与自己风马牛不相及，自然就没当回事，不久也就完全抛在脑后了。呆板的人不容易动感情，他只是专心致志地干活，颇像是一头只奔一条路的死心眼儿的老牛。

供奉金箔、银箔、琉璃、珍珠、水晶等五宝，丁香、沉香、盐肤木、乳香、白檀等五香，再加上五药五谷，举行奠基仪式来祭祀大土祖神[①]、填山彦神[②]、填山媛神[③]等守护神。

祭罢，又安然无恙地完成了平地取土，按照这个月的节令由东向西依次安放基石。基础加固之后，便祭祀五星[④]。举行动

---

① 大土祖神是保护土地的神。
② 填山彦神是男土神。
③ 填山媛神是女土神。
④ 五星是火星、水星、木星、金星、土星。

187

斧大礼^①时，祭祀七神：锻冶之神天目一个命、木工之神手置帆负命、彦狭知命、智慧之神思兼命、天儿屋根命、太玉命^②、植树之神句句乃驰神。

接着，清刨之礼^③也顺利完成。随后举行竖柱仪式，竖起象征四天王^④（东方提头赖吒持国天王、西方尾噜叉广目天王、南方毗留勒叉增长天王、北方毗沙门多闻天王）的四根柱子，祷告永世安稳。又祭祀玉女三神^⑤（天星、色星、多愿）和北斗七星（贪狼巨门等），祈求永久给予保护。

十兵卫依次把柱子的楔子各打三下，然后让助手把它们砸紧。他呕尽心血才搞到这个地步，连那污垢的脸上也容光焕发，精神抖擞，举行仪式时吟到"下津盘根柱，粗壮多牢固"这句古歌时，不由得感到衷心高兴，诵下一句"立身把名扬，后世树榜样"时，笑容满面，重复了一遍。

他朝祭坛毕恭毕敬地礼拜时，两手拍得清脆响亮。祓除不祥、祈祝工程顺利的仪式至此告终。另一方面，源太家里却何

---

① 动斧大礼是木工开工时举行的仪式。
② 据《古事记》上卷第四章第二十八节，天照大神藏入天石屋后，天儿屋根命曾在天石屋的门旁致祝祷之词。太玉命造了镜、玉等供奉之，协助天儿屋根命把天照大神从天石屋里请出来。
③ 从事建筑工程时举行的第三个仪式，把加工好的栋梁、柱子供在祭坛前面，涤除污秽。
④ 佛教里镇守四方的神。持国天王在东方，广目天王在西方，增长天王在南方，多闻天王在北方。
⑤ 是举行上栋仪式时所祭之神。

等冷清，与上述景象形成鲜明对照。

源太不愧是个男子汉，个性坚强，喜怒哀乐不形于色。阿吉不论怎么豁达，毕竟是个女人，心胸狭窄一些，每逢听到串门的人说，感应寺建塔工程今天举行了奠基仪式，昨天完成了竖柱仪式，她就忌火冲天，说道：

"十兵卫这个忘恩负义的家伙，利用我男人的宽宏大量，得寸进尺，骗取功名。立身扬名后，也不知来道声谢，反而装模作样，越发得意扬扬起来了。我男人也太好说话，面目可憎的呆子又太放肆了。"

她动辄紧皱双眉，大发脾气，就连拢鬓角的短发时，也焦躁地拽那无辜的头发来出气。乞丐来讨一个大子儿，她也扯起嗓子冷酷地拒绝。有一天源太不在家，一个叫道益的熟大夫来串门，此人多嘴，闲聊了一阵后说：

"前几天有人带我到蓬莱屋去吃酒，那里的女侍阿传把全部经过都告诉了我。师傅毕竟与众不同，呱呱叫，我非常钦佩，真是个好样儿的！"

这话一半是为了奉承，无意中说出来的。阿吉借这话茬儿把那天晚上发生的事问了个水落石出。不知道的时候还有气呢，这下子阿吉更恨透了十兵卫，越发愤怒不已。

二十四

道益走后，清吉碰巧上门来了，他还什么都不知道呢。阿吉却把一肚子气朝他发泄出来，劈头就说：

"清吉你真不中用，既没出息又不开窍，你为什么不曾坦率地把那天晚上的事一五一十地及时告诉我？你是不是同情我，不敢说给我听？你也未免太没有眼力了，即便听到了事情的经过，我也不至于惊慌失措。

"唉，我男人却小看我，认为我是个妇道人家，什么都瞒着我，不说给我听。就先不去管他是怎么想的了，可连你们也竟然把我蒙在鼓里，太不像话了。你们明明知道师傅有心事，却满不在乎地陪他去饮酒作乐，寻花问柳。难道一个男子汉大丈夫，就只有这么一点本事吗？清吉你也太昏庸了，居然还有那份闲情逸致来串门。要是平时，师傅不在家我也给你酒喝，今天我可没那工夫，连一张紫菜我都懒得替你烤，更不愿意陪你闲聊天。想喝，就自己到厨房拔开塞子①去接吧，想说话就找猫去说好了。"

---

① 酒桶侧面有个眼，拔开塞子酒就流出来。

190

清吉感到莫名其妙，大吃一惊，张口结舌，慢慢问清了底细。在这之前，他原是不明情况，听阿吉这么一说，才想到：

——呆子着实可恨，说什么也不能饶了他。赖以为命的师傅，对十兵卫恩重如山，十兵卫的所作所为都越了理，师傅对他一片好心，肝胆相见，他竟用泥脚去踩师傅的脸。我对他恨之入骨，怎么办呢？

——唉，两个人身份悬殊，不是对手。师傅要是跟呆子去争吵，好比是把夜明珠砸在石头块儿上。师傅为人明智，尽管生气，却竭力忍耐，对谁也不说，从不发泄积愤。即使不跟别人说，至少也该告诉我清吉一声呀。嘻，师傅也真是……师傅犯不上去跟十兵卫较量，我跟呆子去较量，吃不了亏。哼，十兵卫，我绝饶不了你。

清吉就是这么个急躁性子，见识短浅，想到这里就说：

"师娘，原先我不知道也就没办法了，请原谅我。如今既然已经知道了，不是我说大话，我不会光待在这里挨骂的，我是不是只有陪师傅寻花问柳的本事，您等着瞧吧。再见！"

清吉可着嗓门喊罢，咔嗒一声拉开格子门，也顾不上关，连草屐也没穿，头也不回，比旋风跑得还快。阿吉这下子着了慌，跟在后面追，喊了两三声想把他叫住，但是喊到第四声，早已连影子都不见了。

二十五

　　感应寺院内工地上的景象热闹非凡：砍木材的斧声，刨板子的刨声，凿眼儿，敲钉子，叮叮当当，响得好欢。风卷刨花，旋如落叶，锯末飞舞，如晴天下雪。有的系着藏青兜肚，带子勒进脖颈，细筒裤穿上去很帅，趿拉着草屐，丰姿潇洒，活儿干得挺麻利；也有服装邋遢的老爷爷，肩上搭块脏手巾，蹲在向阳的地方，不慌不忙地磨凿子；还有的小鬼找不着工具，张皇失措；再就是一个劲儿锯木头的临时工；形形色色的人们在操心尽力，汗流浃背，使劲干活。

　　总监工呆子十兵卫手持墨瓶、墨尺和曲角尺，四下里转悠着，看大家干活儿。关于塔的结构，他脑子里有一套完整设想，现在正吩咐着人们把它实际做出来。这儿要这样截，那儿要那样凿，此处又如何如何，彼处要倾斜到这个程度，凸出几寸，凹进几分。不但嘴上说，还打上墨线，比较复杂的地方，就用曲角尺在木片上画出尺寸，瞪着眼睛到处查看，对别人的活儿毫不放松，自己也拼命干。

　　他正埋头替一个小伙子设计雕刻图案的时候，清吉早已尘土飞扬地扑奔而来，其势迅猛，赛过野猪。

清吉满面怒容，恰似一团火，眦目大喝道：

"畜生，呆子，见鬼去吧！"

十兵卫吃了一惊，刚一回头，清吉以劈碎岩石的势头直砍下来，磨得锃亮、装上长柄的斧子就是木工的武器。这下子十兵卫哪里经得住呢，他没来得及躲闪，左耳早已给削下来了，肩膀也砍破了一点。清吉说："没砍准。"就又追过来砍。十兵卫边逃边把钉箱、木槌、墨瓶、曲角尺朝清吉扔过去。十兵卫没有武器，无法抵御，扭头就跑，刚巧把脚伸进工具箱，五寸钉穿进了脚心，不由自主地跌倒了。

清吉正中下怀，就乘虚而入，抢起斧头。夕阳亮晃晃地照在斧面上，凭空一道闪电。说时迟那时快，刹那间有人在清吉背后大吼一声，凶猛如哺乳之虎①，抄起一根丈二长的圆木，朝着清吉的小腿肚子一掼，毫不费力地就把他撞倒了，清吉越发怒不可遏，一骨碌爬起来。那个人揪住清吉的领口道：

"喂，是我！傻瓜，不要胡来！"

说着，不费吹灰之力，一下子就把清吉手里的斧子夺下来扔掉，低下头看着清吉。此人生得一对铜铃般的圆眼，双唇紧闭，隆鼻鬈发，相貌比不动明王还要凶悍。他不是别人，正是锐次。

----

① 据说，哺乳的老虎性子最凶悍。

"哎呀，原来是火球师傅。我自有道理，别管我！"

清吉竭力挣扎着，焦躁地想把锐次推开，锐次却用蝶螺①般的铁拳镇住他，说道：

"哒！再动就揍死你！傻瓜！"

"师傅，真要命，放、放开我！"

"不懂事的糊涂虫！"

"师傅，我可不能饶了那家伙的命！"

"大傻瓜！瞧你哭丧着脸，不放老实些，就再让你饱吃一顿老拳！"

"师傅，手下留留情吧！"

"傻瓜！别聒噪！揍死你！太糊涂了！"

"师傅！"

"傻瓜！吃我老拳！"

"师傅！"

"傻瓜！"

"放开我！"

"傻瓜！"

"师傅！"

"傻瓜！"

---

① 蝶螺略似拳形，壳质厚重，螺纹约六层，壳高十厘米。产于我国浙江以南沿海，日本也有。

"放开我！"

"傻瓜！"

"师……"

"傻瓜！"

"放……"

"傻瓜……"

"师……"

"傻瓜！傻瓜！傻瓜！傻瓜！活该！这下子老实了吧？小子，到我家来！呀，这是怎么了？小子，没气儿了。真是个弱不禁风的家伙。喂，来人哪！紧要时刻，你们撒腿就跑，如今又像蚂蚁似的拥在十兵卫周围，有啥用处？你们这群傻瓜，我这儿快出人命了。笨蛋，快打点水来，泼在他身上。掉了的耳朵，捡它干什么？白痴，打来了吗？不要紧，把桶里的水一股脑儿全泼在他脸上。这样的小伙子，很容易活过来。行，好了！清吉，鼓起劲儿来。好没出息的家伙，嗐，我把他背去吧。十兵卫肩上的伤口不深吧？嗯，好的，傻瓜们，再见了！"

二十六

"源太在家吗？"

195

锐次刚打了个招呼，阿吉便起身迎道：

"啊呀，师傅，请这边坐。"

锐次径直进了屋，毫不客气地盘腿坐到火钵前，喝了半碗端给他的樱汤，端详着阿吉说——

你脸色不好，怎么了？源太哪儿去了？你一定已经听说了，清吉那小子干出了一件蠢事，所以我来找源太谈谈。

……哦，原来如此，源太已经到十兵卫家去了？哈哈哈，动作好快，不愧是源太。我没想到他这么快就已经去了，真是好样儿的。不要紧的，阿吉，你不用着急，只要源太向十兵卫和长老赔礼道歉，说："都怪我管教不严，使得手下的人干了鲁莽无礼的事。千万请您原谅。"再鞠三四个躬就成了，不要担心。如果对方还不答应，源太就直接出面圆圆场就是了。我听到风言风语，十兵卫也有不是，就是被砍掉一个半个耳朵，他也没得抱怨的。清吉做事虽然轻率，说不定对他还是一副良剂呢，哈哈哈。清吉也怪可怜的，吃了我不少老拳，疼得直哼哼。我问他：

"你把十兵卫杀了，怎么个了结？"

他好像这才省悟过来，说：

"哎呀，糟了，我太冒失，做错了事，弄得师傅还要去给人家赔不是。唉，对不起。"

可怜他不顾自己浑身酸痛，倒是后悔得扑簌簌直掉眼泪。这小子多可爱啊。喏，阿吉，源太会狠狠地骂清吉一顿，说不定还叫他去给十兵卫赔罪。这是大面上的礼数，也是无可奈何的事。这就看你的了，请你务必把他……啊，明白吧。阿吉，你和源太同食共枕，自然是有办法的喽，哈哈哈哈哈。源太不在家，我也不说下去了，该回去了。你的饭下回再吃吧。有事，随时来找我。

锐次嘟囔了一阵就回去了。

阿吉仔细一想，自己做的净是对不起人的事。女人见识短，不假思索地把清吉挑拨了一通，致使这个血气方刚的小伙子闯了祸，可怜清吉给自己惹下了麻烦，连我的宝贝男人也得给可恨的十兵卫去赔罪。尽管事出偶然，归根结底是祸从口出，怪我不好。究竟该怎么办呢？

阿吉把双肘靠在火钵镶沿上，出神地苦苦凝思，一不小心臂肘都滑落下来了。她终于想出了个主意，说声：

"啊，对了。"

她站起来拉开五斗橱大抽屉，随着馥郁的麝香气味胡乱拽出自己刚嫁过来时扎的心爱的腰带，那时的心情是羞喜参半，胆战心惊，还有她央求源太给买的博多带①和缎腰带，如今也不稀罕了。想当年，她身穿三件和服②，无忧无虑：到如今，操心的事可多了。这一件是柞丝绸，又丢出一件褐格绸③，再就是最近流行的万条纹④料子。

纵然心乱如麻，一心一意想的唯有丈夫。她只有一条进口素花绸腰带，这原是在武士的公馆里当过女佣的婶娘的遗物，她非常珍视，可现在又有什么不舍得撒手的呢？她把这些东西一股脑拿出来，叫女佣包在一起。趁着丈夫没回家，把梳子簪子也麻麻利利一股脑装在小匣里，一狠心送进当铺。将换得的钱往怀里一揣，包上淡蓝色头巾，提着小灯笼，走黑道儿到锐次家去了。

二十七

自从在不忍池畔闹翻了，源太对十兵卫的看法突然起了变化。原来还喜欢他，现在可把他恨透了。一想到还得低头哈腰

---

① 博多带是日本筑前（今福冈西北部）博多地方所产的一种厚绸腰带。
② 在喜庆的日子，日本妇女穿两件白和服（或一件白，一件红的），上面罩一件一色的或下摆上有花样的和服。
③ 原产于八丈岛的一种带黄褐色或黑色格子的绸子。
④ 一种细条纹料子。

向他请罪，就气得不得了。然而，要是置之不理呢，说不定人家会怀疑是自己指使清吉去动武的，那就要平白无故地背上黑锅。源太很不痛快，非常气恼。

近来日子本来就过得不开心，清吉这个笨蛋这么一闹，无端地又得多操上一份心，真是鬼使神差。源太心里越发不平静，怨气冲天，但是撂着不管，事情是无从解决的，他只好自认倒霉，硬着头皮到十兵卫家去登门拜访，一方面慰问他遭此横祸，又为了对清吉管教不严表示道歉。他仔细观察呆子夫妻的反应。十兵卫照例沉默寡言。阿浪这个女人态度温和，说道：

"肩上的伤口幸而不深，没什么要紧，请您不要担心。您还特地来探望，我们真是当不起啊。"

口气虽然委婉，却一反常态，话里有刺。不用问就能知道她心里有个疙瘩，她准怀疑是源太暗中指使清吉这么干的。

源太心想：

——真是可恨，十兵卫大概对我也是这么看法。等时机一到，看我源太怎么报复你。我决不做清吉那样卑鄙小人干的事。我怎么做得出用斧子砍掉人家一只耳朵这样无聊的勾当呢？我心中的怨气可不像刨花那样，点一把火就全消啦，今天出的乱子和我的愤怒毫不相干。到时候我必定让你们深深领教我源太的厉害。

源太心里虽越发愤愤不平，却丝毫不动声色。他漂漂亮亮地尽了应尽的礼数，旋即去感应寺求见长老，为了手下人闯的祸赔礼谢罪，接着就回家去了。他打算去找锐次，一方面谢谢他制止了阿清，问问当时的情况，另一方面想把阿清大骂一顿，今后不许他上自己家的门。临出门时，纳闷阿吉怎么不在家，就问女佣：

"哪儿去了？"

女佣若无其事地回答说：

"出门去了，说是一会儿就回来。"

源太哪里知道女佣收了封嘴钱呢？就说：

"哦，是吗？好的，等阿吉回来了，告诉她我到火球大哥那儿串门去了。"

源太趿拉上草屐刚走出门，只见迎面走来了一个老婆婆，一只手拄着斑竹手杖，另一只手提着烧焦了一块的灯笼，弯腰驼背，老态龙钟，可怜巴巴的。他招呼道：

"哦，你不是阿清娘吗？"

老婆婆说：

"啊，是师傅呀。"

二十八

老婆婆急切地问道：

"刚巧碰上了您，您这是要到哪儿去呀？"

源太略微点了点头说：

"没关系，你进屋吧。黑灯瞎火地特地赶来，有什么急事吗？说给我听吧。"

于是源太就折回来。

"哎哎，谢谢您了。您正要出门，打搅了，对不起，哎哎。"

老婆婆边说边跟着源太走进格子门。

源太殷勤地说：

"天这么冷，走这一趟好不容易呀。阿吉刚巧也出去了，招待不周。你别拘束，靠前面坐，烤烤火吧。"

老婆婆越发拘谨地缩作一团，说：

"您这么张罗，我实在不敢当。哎哎，我身上揣了个怀炉，这样就挺好。"

老婆婆用又皱又薄的棉袄袖抹了抹淋淋漓漓淌下来的清鼻涕。她远远地蹲在靠近门口的地方，欲言又止。老婆婆的心事源太早就猜出了七八分，他非常同情她，他正要到锐次家去。

201

为了惩罚清吉鲁莽多事，让自己操心劳神，告诉他暂时不许上门。但是看到这个孱弱的老婆婆，除了儿子以外，唯一的亲人就是阿弥陀佛了，不免动了怜悯之心。

假若自己抛弃了清吉，老婆婆就会感到更加凄凉，犹如雨打孤萍一般，短暂的余生还有什么意思。这个风烛残年的老人，该是多么悲伤，多么悔恨，每天只有以泪洗面，再也过不上松快的日子了。源太越想越觉得可怜，边捻着烟草边想着心思。这时老婆婆往前挪了挪身子说——

我晚上来打搅您，实在对不起。有点小事求您。哎哎，您多半已经知道了，听说清吉那小子闯了个大祸。唉，铁五郎大哥已经大致告诉我了。清吉这小子一向性子急，动不动就闹着要打人砍人，每次都叫我提心吊胆。托您的福，他总算成了人，但还像小鬼那么顽固任性。这小子绝不走歪道儿，不会干坏事，可是一激动起来就没了分寸，真叫人没办法。

哎哎，坏心眼儿嘛，他一丁点儿也没有。哎哎，您知道！哎哎，谢谢您了。我不清楚他是怎么打起架来的，只听说是无法无天，动起斧子来了。我刚听到的时候，只觉得好像我本人被砍了一斧子似的。亏得梅组的师傅把他抱住了，真是万幸。假若对方死了，这小子就成了凶手，我失去了他，也就没有活头了。哎，多谢啦。

他小时候净生病，叫我操了不少心。多亏中山①鬼子母神②保佑，才壮壮实实地长大了。我曾许愿说，要是身体好了，就叫他在七岁以前到寺院里去踩院内的土，可是忙得一直顾不上去谢神还愿。也许是遭了报应，身体虽然结实了，却变得那么莽撞，每每给您添麻烦。今天又闹出这么一档子事。当铁五郎大哥把事情经过说给我听的时候，我吓了一大跳。

听说他连凶器都准备好了，我想：啊，怎么又干起来了。吓得我一下子心都快碎了。说是梅组的师傅把他收留下来了，我听了固然放了心，但一问："阿清受没受伤？"

铁哥却回答得含含糊糊，只说是："没有性命危险，用不着挂念。"

这下子我更担心了，就问他梅组的师傅住在哪儿。

铁五郎大哥说：

"我不知道你去他家合不合适，你好歹到源太师傅家去问问吧。"

说罢他就回去了。

我心里一个劲儿地疼，坐也不是，站也不是，就托隔壁的伞匠给看家，好不容易来到您这儿。请您务必告诉我梅组的师傅住在哪儿。哎哎，我打算马上就去。小子究竟怎样了呢？

---

① 今千叶县市市川市的一区，有法华经寺。
② 佛教里的保胎、育儿女神，左手抱孩童，右手持吉祥果。

203

是不是反倒受重伤了呢？巴不得能够早一点见到他，我也好放心，也想听听打架的情况。我相信他是靠得住的，不会做出什么歪门邪道的事儿。但毕竟是年轻人，万一他有什么不是，我这个老婆婆就首先得没命地向十兵卫大爷赔罪。我这把老骨头怎么着都舍得，小子来日方长，可不能老让人家记下仇。

老婆婆说着，呜呜咽咽潸然泪下。老人家不了解事情的来龙去脉，一心扑在儿子身上，说着车轱辘话，源太简直不知道该怎么回答她才好。

二十九

锐次招呼说：

"八五郎在吗？好像有人来了，开门去。"

八五郎自言自语着：

"真奇怪，倒像是个女人哩。这会子谁会来找讨厌女人的师傅呢？"

他咔嗒一声拉开门说：

"喏，请进。"

进来的人随便寒暄道：

"八哥，打搅了。"

来人吹灭了灯笼，便摘头巾，一看，是盂兰盆会和过年时都赏过他节钱的阿吉。八五郎身上只披了一件棉袍，敞着怀，连脏得灰乎乎的兜裆布都露出来了。他赶紧遮遮掩掩，连忙向里屋招呼道：

"师傅，那个，喏，那个大嫂来了。"

江户儿锐次听八五郎说了几个"那个"就明白了，说道：

"哦，是吗？阿吉来了吗？欢迎，你挑个干净地儿坐吧，小心点，有蟑螂哩。我们家都是男人，唯一的长处就是脏，一点儿办法也没有。我要是有你这么个好老婆，也会收拾得干净点儿。"

说着哈哈大笑。

阿吉也笑道：

"那样的话，说不定您就会严厉地责骂说，太脏啦，太脏啦。"

他俩互相打趣了两三句，阿吉这才一本正经地说：

"清吉在睡觉吗？我想瞧瞧他怎样了，心里惦着，就来了。"

锐次点点头道：

"清吉刚刚睡着，睡得挺香，好像一时醒不过来。他并没受什么伤，也没把颅顶骨打破。方才接骨先生说，清吉正激动万分的时候，被毒打了一顿，所以晕过去了。他敢担保没什么要紧。你想看，就来看一眼吧。"

　　锐次领着阿吉去了。阿吉看到清吉昏昏沉沉地睡在三铺席的一间屋里，脸和脑袋都肿得很厉害，那副样子煞是可怜，让人觉得锐次下此毒手未免太狠心了。但是事到如今也无可挽回了。回屋后，阿吉对锐次说：

　　"我男人一定很生气，嫌清吉多此一举，一方面也是碍于长老和十兵卫的情面，所以狠狠骂他一顿，还不许他上门。但是清吉并不是因为他个人的恩怨来这么一手，归根结底，他是为了我们，替我们生这份闲气，一时冲动做出来的，所以我说什么也不能对我男人的所作所为袖手旁观。尤其是由于某种原因，我不给他尽点力，心里是过不去的。

　　"左思右想，只好让清吉走开一年半载的。等人家的闲话少了，我男人的气也消了，怎么都好说合。这段时间，想让他到京都、大阪一带逛逛去。虽然少了些，盘缠也筹好了，先存在您这儿，请您好好嘱咐一下清吉，把钱交给他。我男人就是那么个直性子，不管肚子里怎么想，表面上必定待他很粗暴，毫不留情地骂他。到时候不论清吉说什么，反正他也不会理睬的。他不是出于私心犯下的错误，我不能听任他无依无靠，装不知道。

　　"阿清只有一个老娘，只要他不在家，我一定让我男人答应去接济她。我男人没那么不通情理，会答应的，这一点我可以放心。可我今天晚上来找你，以及我私下里照拂阿清的事，暂时请别告诉我男人。"

锐次说：

"明白了，没事儿了吧，回去吧，回去吧。源太大概会来的，碰见了可不合适。"

语气虽然生硬，却流露出一片诚意。阿吉听了很高兴，再三拜托后告辞了。她刚走，源太就来了，果然向清吉宣布禁止上门，断绝师徒关系。锐次面带笑容，默不作声，清吉哭哭啼啼地告饶。当天晚上源太回去后，锐次把阿吉的心意说了一遍，招惹得清吉又哭了一场。

清吉叫道：

"我就是变成了狗，也不离开师傅师娘的门口。"

四五天以后，清吉在八五郎的陪送下离开江户到箱根温泉去了，然后沿着东海道① 到京都、大阪，但他的梦境总是萦回着东都②。

三十

十兵卫负伤回来的第二天早晨，跟平时一样，一大早就起

---

① 是江户时代从京都沿东海岸通往江户的驿站大道。
② 指江户。

身了。

阿浪着了慌，连忙制止他。

"这怎么成？你好生躺着歇歇吧。今天早晨寒风刮得好紧，要是得了破伤风怎么办？千万躺着吧。水快烧开了，就在那儿漱口洗脸吧，我来伺候你。"

快要塌了的土灶上坐着一口缺边的锅，阿浪边向灶下烧火，边担心地说。

十兵卫满不在乎地笑着说：

"用不着拿我当病人，只要替我拧把手巾就成了，脸还是自个儿洗舒服。"

他自己往箍儿都松了的小木盆里舀水，举止动作跟平素没什么两样，简直不像是个受伤的人。阿浪又吃惊又着急，呆子却毫不在意，吃罢饭，站起来蓦地就脱掉便服，着手去穿细筒裤，扎围身。

阿浪问道：

"可了不得，你到哪儿去？工程再重要，昨天刚受了伤，伤口既没结疤，伤痛也还没止住呢。大夫也叫你好好养着，说是不要活动。虽然没什么大问题，可是结疤之前要万般小心。你不听大夫的话，硬要到感应寺去不成？你也太逞强了。即便去了，也干不了活，不去也不会有人怪你。你要是觉得不去不合适，我就跑一趟去见长老，直接替你请三四天假养伤。长老大慈大悲，不会不答应的，一定会叫你多加保重，不要疏忽大意。喏，你就穿上这件褂子在家里待着吧，起码也得安安静静养到伤口完全愈合了啊。"

阿浪一味劝阻宽慰，把十兵卫脱掉的便服又替他披在身上。

"少管闲事，替我扎上围身，不要这个。"

十兵卫边说边用没受伤的右手把便服扒掉。

"你别这么说，待在家里吧。"

阿浪又给他披便服，十兵卫又扒掉。

男儿气壮，女子情深。双方争执不下，呆子终于有些气恼了，说——

女人家不懂事，还来捣乱，真讨厌。好啦，不求你了，我自己穿。怎么可以擦破点皮就歇工，哪怕一天也不行。你知道吗？咱是当头儿的。人家常说我十兵卫是个笨蛋傻瓜，所以工匠都瞧不起我，当面假装照我的吩咐干，背地里任意偷懒谩骂，一个劲儿嘲弄。

唉，不好办啊，谁都是表面上装装样子，没有一个真心实意想把活儿干好的。我想法劝他们不要敷衍，卖卖力气加油干，他们就点点头，但是掉过脸去暗暗冷笑。我一骂他们，他们嘴上虽道歉，却把脸耷拉下来。弄得我一点办法也没有，只好低声下气的，这一下子他们就越发不把我看在眼里。就别提

209

有多么窝心、难过、伤脑筋了!

　　每天大伙儿都师傅长师傅短地叫着，我好像挺得意，其实心里净是些恨不得暗暗哭上一场的事儿。我甚至觉得，还不如听人家支使去凿眼儿，倒来得省心。就这样，好歹对付到了今天。我这一歇就前功尽弃了，大伙儿必然会偷起懒来。

　　这个说："我胸口疼，要早走一步。"

　　那个说：'我头痛，迟到了。"

　　我自己如果休息，对别人就一句话也不能说了。工程就成了房檐流下来的雨水，滴滴答答拖个没完，本来能完成的，也会失败。万一失败了，我十兵卫拿什么脸去见长老和源太师傅!

　　你听着：假若盖不成塔，我十兵卫即使活着，也不过是行尸走肉；要是完成了这项工程，你丈夫纵然死了，也能永世长存。左不过是被斧头砍伤了两三寸，怎么能躺着呢? 是破伤风可怕，还是完不成工程可怕呢? 即使一只胳膊被砍掉了，在大功告成之前，哪怕是用轿子抬着也非去不可。何况只不过是擦破了一点皮。

　　十兵卫边说边伸出左手去扎从阿浪手里夺下来的围身，霎时疼得皱起眉来。妻子看了，于心不忍，只好让步，怕碰着他的伤口，终于小心翼翼地连号衣和细筒裤也帮他穿上，打发他出了门。阿浪心中的滋味是难以形容的。

　　工匠们再也没想到十兵卫会来，直到早晨八点他们才零零星星来到工地上，看见了他，不禁愕然。十兵卫当即说了句：

　　"大伙儿肯卖力气，我好高兴啊！"

　　大家听了，浑身冒冷汗。从此，工匠们全都改变了态度，勤勤恳恳，加倍出力，上面说一句话，下边做三倍活。呆子一只胳膊不能动了，反而增加了许许多多只胳膊。这样，工程一天天进展很快，等他肩上的伤口痊愈的时候，塔已接近完成了。

三十一

　　不负呆子十兵卫惨淡经营的一番苦心，一月底，感应寺生云塔终于出色地竣工了。随着脚手架的拆除，五重塔逐渐一层层地裸露出来，巍然屹立。它俨然像一位金刚力士，高十六丈，睥睨魔军，以震撼地轴之势耸立在岩石上。上自为右卫门，下至守门人，都已忘却了他们当初怎样小看过呆子的事，交口称赞说：

　　"盖得好堂皇出色啊！"

　　"哎呀，手艺多么精巧，简直是举世无双啊！"

"真是空前绝后哩！"

圆道以及寺院里所有其他僧侣也都欣然雀跃道：

"感应寺的五重塔就应该是这个样子，可喜可贺。八宗、九宗①的高僧们，个个人才出众，赛过虎豹鹤鹭，其中我们拜为师父的长老德行绝伦，当代无与匹敌，不啻是狮子王、孔雀王。我们依附的这座寺塔，也是出类拔萃的，奈良、京都虽不敢说，不论是上野、浅草还是芝山内②，整个江户没有一座可以同它媲美的。

"长老高风亮节，特地起用一个埋没在尘土里，终生不得出头露面之人，让他把心灵的宝珠在世上放出异彩。十兵卫有志气，不为困难吓倒，不屈不挠，报答知己，完成大业，这真是一段奇妙、美满、世间罕见的因缘啊。是天意还是人力，抑或是诸天③善神暗地里成全的呢？传闻达腻伽尊者④擅长造房，但是不论世尊⑤在世时，还是在汉土⑥上，都不曾听说过有如此壮举，要是举行竣工仪式的话，我将作偈写文，作歌诵诗，予

---

① 佛教里的八个宗派：俱舍、成实、律、法相、三轮、天台、华严、真言。九宗是作者为了照顾语气而杜撰的。
② 指上野的宽永寺、浅草的浅草寺、芝山内的增上寺，均为江户名刹。
③ 佛语，指天上界的诸神。
④ 达腻伽尊者是佛教传说中陶工之子。他三次造草房都被人毁掉，又造红色的陶瓷房，受到佛的叱责，也被拆毁。最后从频婆娑罗王的木材匠那里获得巨材，盖成木屋，受王招聘。
⑤ 释迦牟尼的尊称，也叫释尊。
⑥ 指中国。

以颂扬、称赞、吟咏并载入史册。"

人们互相谈论着。他们毫无私心，温情脉脉，实系人之常情，可钦可佩。但是好事多磨，天意难测。本来圆道、为右卫门两人大致定下举行盛大竣工仪式的日期，届时让男女贵贱前来参观，将剩余款项施舍穷人，并犒赏十兵卫等人；另一方面，还预备奏伎乐^①以祭旷古宝塔。

正在热热闹闹做准备时，突然，夜半钟声一反平日，聒噪逆耳。于是，怪风渐起，气温升高，连酣睡中的娃娃都不知不觉蹢掉了被子。防雨板咔嗒咔嗒越来越响，黑暗中，烈风摇撼松柏梢，恶魔凄厉地呐喊道：

"破坏和平，扰乱人心，让享尽荣华的骄慢之徒吓破了胆，不得安眠，让庸碌的蠢材心血汹涌，让诡诈的佞人脸色吓得苍白。有斧者抢斧，持矛者挥矛。你们的利刃久已饥渴，让它开荤吧，人的膏血味美得很，让你们的剑饷以人脂，饱餐一顿！"

一声令下，狂风大作，形形色色的夜叉，手持利斧、矛头或嗜血魔剑一齐奔腾而来。

---

① 伎乐也叫吴乐，我国三国时代由吴国传到日本的一种戴假面具的舞剧。

213

三十二

　　四里见方的江户各街各巷，男女老少从漫漫长夜的美梦中醒过来，惊慌失措地喊着：

　　"暴风来了，把防雨板的栓子插牢，把顶门闩紧紧顶上。"

　　家家户户仓皇不已。飞天夜叉王丝毫没有恻隐之心，凶猛地怒号道——

　　你们不要害怕人，你们要让人家怕你们。世人轻视我们，久已不把我们看在眼里，该向我们上供也忘记了。那些本该爬行却站着走的狗，造了奢侈过度的巢窠的鸟，没了尾巴的猴，会说话的蛇，毫无诚意的狐崽，不知肮脏的母猪，我们长期被他们小看，还要忍耐多久？让他们肆意侮辱我们，扬扬得意到几时？

　　我们已忍无可忍，他们的猖狂也已到了尽头，六十四年①业已过去，我们凭着神力，将束缚我们的机缘命运之铁锁砸烂，将囚禁我们的仁慈忍耐之岩窟捣毁。时机已到，你们尽管闹吧。将积了几十年的怨气一股脑儿发泄到他们身上，将他们

———————————

① 按感应寺是1791年建成的，六十四年前的1728年9月，关东一带曾连遭暴风雨袭击。此处引用六十四，据《易经》六十四卦也有物极必反的意思。

臭气熏天的傲慢扔到铁围山①之外，把他们的头按倒在地下，让他们的胸口尝尝斧头的利刃是如何残忍；让他们在惨酷的矛头、愤怒的刀剑下送命吧；把冰块塞进他们的喉咙，让他们冷得发抖；使他们吓破胆，暗自叫苦。

让他们眼睁睁看着自己所产生的许许多多珍玩异品被销毁，把他们玩物之念淹没在嗟叹的灰黄河川之中。他们掠夺了蚕茧，你们要掠夺他们的房屋。他们耻笑蚕的智慧，你们可要大加赞扬：赞扬他们自以为高超的智慧，赞扬他们自封为豁达的胸怀，赞扬他们自命为美好之情，赞扬他们自认为能协调万物之理，赞扬他们自信为强大之力。

这一切均将飨我之矛，飨我之剑，飨我之斧；赞颂之后，使之充作兵刃的飨宴，讥笑他们提供了美好的供品。你们尽管捉弄他们吧，不要一下子把他们屠杀掉，而要把他们慢慢地折磨死。要一层层地活着剥他们的皮，剐他们的肉，拿他们的心脏当皮球来踢，用枸橘②鞭打他们的脊背。

把人们的叹息与泪水，心跳声，悲鸣声，统统剥夺掉，让他们除了残忍而外，享受不到快乐。不严酷些，你们很快就会灭亡。

---

① 铁围山是佛教传说中的一座铁山，是以须弥出为中心，环绕四洲外海的九山之一，在最外侧。
② 枸橘也叫臭橘、枳，系灌木或小乔木，有粗刺。

猛烈地刮吧，前进吧，肆无忌惮，任意横行，尽情地刮吧，闹吧，冲吧，前进吧，与神战斗，与佛拼命，破坏秩序，把它毁掉，那么天下就是我们的了！

每一叱咤，石土飞扬，从丑时至寅时，及至卯时①、辰时，毫不间断地予以督促。数万夜叉越发骁勇，涉水者溅起波浪，跑步者踢起沙土，黄尘飞扬，遮天蔽日。有的抡斧头，将风雅人士苦心修整的松树，随着一声冷笑劈成两截；有的舞矛，刹那间在房顶上戳个洞；有的力大无比，呼啦啦地摇撼牢固的房屋、桥梁。

"手太软，太温和，不够狠的，跟我来！"夜叉王咬牙切齿地跳起来，焦躁地说。

于是充满在空中的夜叉们厉声咆哮，滥施淫威。不论是神前寺内的还是富户院中的树，都声嘶力竭地哀号，霎时间大地的毛发吓得一根根竖立，接着柳树倒了，竹子劈裂，顷刻之间，空中乌云密布，比榉树籽还大的雨点噼里啪啦地落下来。

夜叉正中下怀，闹得更欢，撕扯篱笆，踢倒墙壁，破坏门扇，掀掉房顶，踏碎檐瓦。刮一下子小房就腾空而去，揉两下子二楼就坍塌下来，拧三下子某一庙宇就哗啦啦坍成一堆。

---

① 丑时是半夜一点至三点，寅时是清晨三点至五点，卯时是早晨五点至七点。

216

每逢夜叉们轰隆隆轰隆隆地呐喊，人们就胆战心惊，百般忧虑，露出一副可怜相，那些无家可归的人悲恸不已。夜叉们见此情景便欣喜不止，并且得寸进尺，滥用它们的一切威力，于是八百零八町^①的一百万人口^②，面色苍白，吓掉了魂。

其中吓得最厉害的是圆道和为右卫门。好不容易才刚刚盖成的五重塔，被搓揉得相轮直晃，顶端的宝珠在空中画出看不懂的字。每逢狂飙以雷霆万钧之势袭来，暴雨以砸穿盾牌之力瓢泼般倾注，塔身就弯了，木头结构嘎嘎作响，忽而挺起，忽而弓下，吱吱扭扭声中，摇摇欲坠。

他说：

"哎呀，好危险啊。没办法挽救吗？塌了可不得了，无法制止吗？空前的大风，再加上暴雨，周围又没有树，塔身高耸，地基狭窄，看来是挺不过去了。连大殿都晃成这个样子，塔怎么吃得消呢？有没有灵验的咒文能够把风止住呢？暴风雨这么猛烈，源太应该来看看，怎么还不来呢？

"虽然是新来的人，十兵卫务必得来，莫非是偷懒不肯露面。连别人都这样着急，这是他亲自盖的塔，他反而不挂在心上吗？哎呀呀，好险，又弯了，谁去把十兵卫喊来。"

话虽这么说，但是瓦片、木板在空中横飞，地上沙砾滚

---

① 町是市街区划单位，1657年江户发生大火，焚毁了大部分市街，达八百町。

② 据说江户时代末期人口有150万。

滚，没有一个人肯去。最后出了一大笔赏钱才把扫地的七藏老爷爷派去了。

三十三

七藏老爷爷蒙上圆头巾①，为了防雨，罩上竹篾斗笠，身穿雨大氅，腰里扎根带子，挂根合手的棍子，冒着烈风暴雨战战兢兢跑了去，好不容易才走到十兵卫家。

好可怜啊，半个房顶已经被风掀掉了，雨水从顶棚上溅下来，一家三口人挤在角落里，头上勉强遮块破席子，那情景真是惨不忍睹。

七藏老爷爷心想，哎哎，呆子这个人脑袋瓜儿真不灵。随即打招呼道——

喏，师傅，这么大的暴风雨，你怎么能待在这儿呢？瓦片乱飞，树也折了，外面闹得像打仗一样，你盖的那座塔会怎样呢？塔身又高，周围空荡荡的，地基狭窄，不论风从哪个方向刮来，它都首当其冲，晃啊晃的，像旗杆一样弯下去，木头结构嘎嘎直响，好吓人。

---

① 一种防寒用的圆顶布头巾，最初是和尚戴的，后来老人也戴了。

圆道法师和为右卫门老爷都胆战心惊，捏着一把汗，生怕它要倒塌。本来用不着我来接，你看到天变了，总不该装傻呀。可你竟然不肯来一趟，也未免太沉得住气了。

　　托你的福，给我派上了这么个危险差使，真是可气。斗笠被刮跑了，淋成个落汤鸡还不算，又飞来了一截木头打在脑门子上。瞧，起了这么个大包。我算是倒了霉啦。

　　喏，跟我一道来吧，来吧，为右卫门大爷和圆道法师吩咐我把你领去呢。哦，可了不得，防雨板都被刮跑了吗？照这样，塔怎么经得住呢？说话间，说不定已经倒塌了呢。别磨蹭了，快准备吧，快点，快点！”

　　他这么一催，十兵卫的妻子也在一旁担心地说：

　　“出门的话，路上可要多加小心。我给你拿那顶消防头巾，虽然破了，还是戴上吧，谁知道会飞来什么东西呢。不用顾外表，保护身体要紧。再破也没办法，再披上这件夹号衣① 吧。”

　　她边说边拉开柜门。十兵卫面呈愠色，盯着她说：

　　“喏，不用操心了，我不出去。刮风也用不着大惊小怪的。七藏老爹，你受累啦。我敢担保塔是刮不倒的。它不是遇到这个程度的暴风雨就会倒塌的那种货色。我十兵卫用不着去。请你告诉圆道法师和为右卫门大爷一声，不要紧的，我敢担保。”

---

① 把好几层布纳在一起做的消防服。

219

十兵卫泰然自若，纹丝不动地坐在那里说。

七藏绷起脸絮絮叨叨地说：

"哎，好歹跟我一道来吧，去看看好了，看那塔怎样颤颤悠悠摇来晃去。你坐在这里根本看不见，才敢夸口。你十兵卫一旦看见那座塔怎样像开佛龛^①时竖在那儿的旗幡那样摇头晃脑的，不论你多么沉得住气，也会把魂儿都吓掉的。背后逞强管什么用，嗒，一道来吧。看，又刮起来了。哎呀，多可怕，看光景，一时半会儿是止不了的。圆道法师和为右卫门大爷一定急坏了。赶紧戴上头巾，穿上号衣，快来吧。"

十兵卫驳他说：

"不要紧的，你尽管放心，回去好了。"

七藏老爷爷啰唆道：

"你说叫我放心，谈何容易！"

十兵卫还说的是车轱辘话：

"不要紧的。"

最后七藏急了，语气粗暴地说：

"不管三七二十一，叫你来你就得来。你别搞错了，以为这是我的意思，这可是圆道法师、为右卫门大爷下的命令哩。"

十兵卫正颜厉色地说道：

---

① 打开佛龛使众人参拜珍藏的佛像。

"塔不是圆道法师、为右卫门大爷叫我盖的。长老准不会因为刮风就喊我去，他是不会说这样令人难堪的话的。倘若连长老都说，塔不保险，把十兵卫喊来。那就是我十兵卫这辈子生死攸关的大事，豁出命也得赶去。只要没有长老片言只语怀疑我十兵卫的工程不可靠，我就什么也不用担忧。旁人不论说什么，反正我十兵卫当初盖塔时并不曾偷工减料，所以白天下雨也好，晚上刮风也好，咱都跟好天气时一样，怡然自得。既不怕暴风雨，也不怕地震。你就把我的话照实对圆道法师说吧。"

十兵卫的口气十分冷淡。七藏无可奈何，顶风冒雨又跑回感应寺，一五一十告诉了圆道和为右卫门。

圆道狠狠地骂他道："你这个不会随机应变的蠢货，为什么不马上说是长老要十兵卫去的。哎呀呀，瞧那塔晃成什么样子啦。连你都受了呆子的影响，麻木不仁了。没办法，你再去一趟，骗他说长老有话，不容分说把他拉来。"

七藏气得嘴里直嘟囔，再一次蹬出山门。

三十四

七藏老爷爷气势汹汹地堵在门口嚷道：

"喂，十兵卫，这一次非去不可了，不许你推三挡四的，长老有请。"

十兵卫听罢，直起身来说——

什么，长老有请？七藏老爹，是真的吗？哎，这可叫我伤心啊。不管风有多大，连我衷心信赖的长老竟也认为我十兵卫全心全意盖起来的塔那么禁不住风雨，多窝心啊。

长老待我慈祥，我把他看成了世上唯一的神佛。可连长老都不真正相信我的本事了，这个世道多么靠不住！我十兵卫活着也没有意义了。承蒙举世无双的高僧赏识，我引为此生无上的光荣，原来这只是过眼浮云，黄粱美梦，空欢喜一场。风暴刚一起，就怀疑那座我精心建造的塔会坍塌，哎，叫我好生气啊，恨不得哭一场！

我难道是这么个窝囊废吗？在人们眼里，我竟是个寡廉鲜耻之徒，做出了丢脸的活计，自己还厚着脸皮活下去吗？倘若那座塔真的倒塌了，我还会偷生，还想苟活下去吗？

"嘻，可气可恨，阿浪，我竟可鄙到这个地步吗？

十兵卫边走边想道：

——哎哟，哎哟，这条命我也豁出去了，我已经活腻了。十兵卫见弃于社会，多活一天，多丢一天脸，受一天罪。啊，暴风雨啊，吹得更猛烈些，干脆把塔刮倒了吧，哪怕损坏它一

222

点也好。不论是天上刮的风，地上下的雨，都不及世上的人待我冷酷，塔要是破坏了，坍塌了，我只有称快的，绝不会着恼。

——我十兵卫对这个乏味的世界已完全不留恋，哪怕一块木板被掀掉了，一根钉子脱落了，我也宁可玉碎也不愿瓦全。连那些谴责过我的人也会说"十兵卫这个傻瓜原来不是那种工作出了漏子还舍不得死，丢人现眼的卑鄙的家伙，而是这么个志士"，于是予以凭吊。人生一世，终归一死，要死得其所，死得其时。我造的塔要是损坏了，我就一步也不离开现场，请诸位佛陀菩萨宽恕我，纵然会玷污佛寺，我也要立即从生云塔顶上纵身而下。五尺皮囊摔烂后固然丑陋，但并不肮脏。唉！好男儿心地纯真，流的血也是干净的，诸佛在上，可怜可怜我吧！

十兵卫恍恍惚惚地转着这些念头，如在梦中，不知在什么地方跟七藏也分开了，抬头一看，哦，这不就是塔吗？十兵卫爬到第五层，将门推开，这时霍地露出半截身子。暴雨像碎石一般打在脸上，连眼睛都睁不开。烈风几乎把他剩下的那只耳朵也刮掉了，气儿都透不过来。

十兵卫不由自主地往后退了一步，但毫不气馁，鼓起劲头站了出来。他攥住栏杆睥睨四方，只见天空比梅雨连绵的五月间还昏暗，唯有喧嚣的风声充斥乾坤，不绝于耳。塔再牢固，架不住高耸在苍穹中，每逢暴风呜呜刮来，就摇来晃去，宛如颠簸在激浪中的无篷小舟，眼看就要颠覆。十兵卫虽然早已下定必死的决心，但事到跟前却又想道：

——这是生死攸关的大事呀！

于是他竖起全身八万四千根汗毛，咬紧牙关，双目圆睁，出神地攥住备用的六分凿，安详地等待天命。这时有个形迹可疑之人，冒着风雨，屡次三番地绕塔徘徊，也不知道此人是否知道十兵卫就在塔顶上。

三十五

那些因循守旧的老翁，平时一见面就举出二三十年前的例子，夸大往事，把新近发生的事贬得一钱不值。可是就连他们也心悦诚服地议论道：

"昨天的暴风雨是我们有生以来最厉害的一场。"

何况那些好诙谐的年轻人，把天变地异当成笑话，信口开河地耍贫嘴，把别的人的忧患当成茶余酒后的话题。这个说："什么地方的火警瞭望塔塌了。"

那个说："哪一家的二楼被刮跑了。"

另一个人说："活该。那个剧场老板利欲熏心，这回可遭殃了。那座剧场塌成那个样子，多可笑。还有横街那位一向讨

人嫌的插花师傅，他家只损失了后来盖上去的二楼，但也解
恨。还有在江户数一数二的那座大庙，也轻易就倒了，说来也
是有缘故的。虽然让施主捐赠了大笔款项，执事僧却拿来饱了
私囊，承包人又从中渔利，不倒才怪呢。连大殿里的粗柱子，
想必也是用空心的木桶对付上去的吧。"

如此这般，众口纷纭。但是感应寺生云塔却连一根钉子也
没松，一块木板也没掉，大家对此交口称赞。

"喏，盖那座塔的十兵卫这个人真了不起啊！听说他发誓
与塔共存亡，已经口衔凿子，准备从十六间① 的高处纵身往下
跳了。像这样两脚踏在栏杆上，睥睨风雨，晃得那样厉害，他
却岿然不动。单凭他这股意志，塔也倒不了。让他用挂着血丝
的眼睛狠狠地一瞪，风神大概也退避三舍。这是继甚五郎②
之后最杰出的名匠，真正的师傅啊。不论是浅草还是芝的寺庙
都损坏了一些，可是这座塔亏得他怎么造的，一毫一厘也没有
歪扭，一分也没有变形。还有一段插曲呢。这位十兵卫的师父
也实在了不起。这座塔哪怕稍微损坏一点，他就想狠狠地这么
痛骂十兵卫一顿：'这是伙伴的耻辱，也有损友人的体面，你
难道还有脸下活去吗？'他准备骂得十兵卫再也拿不起铁槌

---

① 16 间约合 28.8 米，与第三十一节的 16 丈有矛盾。此处是形容塔高。
② 甚五郎即左甚五郎，江户时代初期的名匠，生卒年不详。据说江户宽永寺的钟楼和
芝的台德院庙是他建筑的。

头，正如迫使武士面临绝境，只好剖腹①一样。于是这位师父冒着大雨绕着塔走来走去。"

另外一个人像煞有介事地说：

"不，不，你错了，不是师父，听说是跟他竞争的同行哩。"

被暴风雨耽搁了的竣工仪式结束的那一天，长老特地把源太叫了来，带着他和十兵卫上了塔。长老心中早有打算，让小沙弥准备好了笔墨。他在笔上饱蘸墨汁，说："我要为此塔题字，十兵卫看着，源太也看着。"长老用遒劲的笔力写上：

江都②居民十兵卫建造，川越源太郎协助完成，某年某月某日。

写罢，笑容满面地回顾二人。他俩唯有默默叩拜。

尔后，宝塔永远高耸空中，自西边瞻仰，飞檐吐秀月皎洁，从东方眺望，勾栏吞夕阳红艳，迄今一百年有余，佳话犹盛传于世。

（1892 年）

---

① 日本封建时期对武士最重的惩罚就是逼他剖腹自杀。
② 江都即江户。

图书在版编目（CIP）数据

五重塔 /（日）幸田露伴著；文洁若译. —北京：现代出版社，
2018.11

ISBN 978-7-5143-7460-5

Ⅰ.①五… Ⅱ.①幸… ②文… Ⅲ.①长篇小说—日本—现代
Ⅳ.①I313.45

中国版本图书馆CIP数据核字（2018）第249078号

五重塔

著　　者：[日]幸田露伴
译　　者：文洁若
责任编辑：曾雪梅
出版发行：现代出版社
通信地址：北京市安定门外安华里504号
邮政编码：100011
电　　话：010-64267325　64245264（传真）
网　　址：www.1980xd.com
电子邮箱：xiandai@vip.sina.com
印　　刷：北京市松源印刷有限公司

开　本：880mm×1230mm　1/32　　印　张：7.75
版　次：2019年3月第1版　　　　　印　次：2019年3月第1次印刷
书　号：ISBN 978-7-5143-7460-5
定　价：49.80元

难以描述之处，
才有美的第一义谛。

　　　　　　——幸田露伴

时间宝贵，我们只读好书。

诚邀关注"只读文化工作室"微信公众号

五重塔

［日］幸田露伴｜著 只读文化工作室｜出品

こうだ ろはん　ごじゅうのとう

时间宝贵，我们只读好书。
现代译文馆
放眼人类的文学财富

—和风译丛—

只读

时间宝贵，我们只读好书。
现代译文馆
放眼人类的文学财富

—蔷薇译丛—

［英］威廉·毛姆《月亮和六便士》

［美］亨利·梭罗《瓦尔登湖》

［美］菲茨杰拉德《了不起的盖茨比》

［法］阿尔贝·加缪《加缪中短篇小说集》

［奥］斯蒂芬·茨威格《人类群星闪耀时》

［古希腊］伊索《伊索寓言》

［美］威廉·福克纳《喧哗与骚动》

……